文學評論叢書
07

現代散文欣賞

鄭明娳　著

東大圖書公司

國家圖書館出版品預行編目資料

現代散文欣賞／鄭明娳著.－－二版一刷.－－臺北市：東大，2007
面；　公分.－－(文學評論叢書)

ISBN 978-957-19-2910-1　(平裝)

1. 散文 2. 現代文學 3. 文學評論

820.9508　　96016960

© 現代散文欣賞

著作人　鄭明娳
發行人　劉仲文
著作財產權人　東大圖書股份有限公司
發行所　東大圖書股份有限公司
地址　臺北市復興北路386號
電話　(02)25006600
郵撥帳號　0107175-0
門市部　(復北店) 臺北市復興北路386號
(重南店) 臺北市重慶南路一段61號

出版日期　初版一刷　1978年5月
二版一刷　2007年10月
編號　E 810470
定價　新臺幣150元
行政院新聞局登記證局版臺業字第〇一九七號

ISBN 978-957-19-2910-1　(平裝)

http://www.sanmin.com.tw　三民網路書店

再版說明

本書初版印行於民國六十七年，因內容紮實嚴謹，廣受士林學子與讀者採用，歷年來不斷加印銷行。早期限於物質條件，排版字體較小，且活版字體經多次印刷後，已漸模糊，不利閱讀。本局為嘉惠讀者，於本書再版之際，特別重新排版、校對。除更正舊版少數誤植外，並加上新式書名號，以適應現代讀者的閱讀習慣。特此說明。

三民書局編輯部　敬啟

代序

——談鑑賞散文的方法

許多人喜歡讀散文，特別欣賞散文中情景交融的美感。但大部分讀者只憑自己的性向去欣賞，還不能靠理性的分析去鑑賞。以朱自清的散文來說，一位樂觀型的欣賞者必然較喜歡〈春〉中欣欣向榮的氣象。但憂鬱型的欣賞者，也許會更傾心於〈背影〉裡的蕭瑟境界。尤其當讀者的境況與文中所敘述的相同時，更引發了感同身受，深獲我心的共鳴，便會更加偏愛。但這，究竟不是對文學有興趣的人所應持的態度——做一個鑑賞者，他雖然有自己主觀的喜好，但仍能很公允的評鑑出散文的優劣高低來。

散文寫景的最高境界是「狀難言之景，如在目前」，寫情的最高境界是「含不盡之意，見於言外」。一個鑑賞者會告訴你：〈春〉是在「狀難言之景」，〈背影〉是「含不盡之意」。理由是：〈春〉是一般人常寫的題材，但卻是最難寫得好的題材。因為它的材料太廣泛，主題太抽象，既不易表達，也很難組織。〈背影〉是述通常的父子之情，本最易落入俗套，作者卻能使天倫情感擴大無限。一個鑑賞者還會告訴你作者如何來「狀難言之景」、「含不盡之意」；比方，〈春〉通篇擬人化，賦春天以人類的生命力，使人倍感親切。此外新鮮活潑的句法、明白親切的行文、變化奔放的文氣、生動韻律的節奏等技巧便是它勝人一籌的地方。當然，鑑賞者也不能對〈春〉及〈背影〉的缺點視而不見。

因此，鑑賞散文的任務便是，先發掘出高妙成功的作品，指出它是在「狀難言之景」還是「含不盡之意」，甚至「申透闢之理」？或者兼而有之？其次指出它「狀」到什麼程度，「含」到怎樣的飽和點，「申」到如何的境地？再指出作者是用怎樣的方法達到這種效果。一個鑑賞家甚至還能從作品中看出作者創作的潛力、應走的方向，並預期他努力後可能會有的成果。

我個人十分肯定現代散文是一片尚未十分開發的沃土，散文的風貌可以擴大無限，這些都有待創作者努力。至於讀者，也該放寬自己的視野，磨鍊自己的眼力，享受文學的瑰寶。初入門的人，要想辨別散文造詣的高下程度，作者使用的特殊技巧，除了平時必須多讀作品，從中軒輊領略外，還須涉獵理論知識，了解一些必要的條件。然而，目前書肆中既缺少理論堅實、系統完整的散文論著，文壇又乏有心人對散文讀者的引之導之。筆者沉潛於散文的歷史既不夠悠久，摸索的理論復未能堅深。然而，蜀中大將既不肯出，故特將自己冥想的一愚之得提出，冀能拋磚而引玉。

一篇經得起考驗的散文，所表現的層面必然很多，讀者可以從各種不同的角度來鑑賞。以下提供幾個基本方法：

㈠主題的把握　也許有人會說，散文的主題意義極明顯，何必再探討。其實不然。即以新文學早期朱自清的〈背影〉來說，以今日一般人眼光看它，不免文字平淡，意露旨明。但作者仍用了不少曲折的手法來強調主題，粗心人不察，便只得父子送別浮光掠影的印象。即以色調的搭配而言，全文固是淹沒在灰暗的色調之中——用以配合送別的淒涼背景。至於幾個著色的字：「黑色」出現三次，「青色」兩次，「紫」、「朱紅」各一次。黑與青都是冷色，正跟全文「奔喪、失業、慘澹、別離」的氣氛協調。至於紫色跟朱紅色，前者是指父親給他做的高貴紫毛皮大衣，後者是指父親辛苦攀爬去買的上等「朱紅橘子」。紫、朱紅都屬紅色系，紅色系代表熱情、溫暖。此處便用來象徵父愛。做父親的把橘子「一股腦兒放在我的皮大衣上」，「一股腦兒」的動作，也同時意味了父愛是毫無保留，「一股腦兒」的給兒子了。此外，〈背影〉這題目就有豐富的主題含義：人子在父親面前往往排斥關懷、愛心，卻常常在父親背後——面對背影時，才無阻礙地感受接納。因此，〈背影〉成了父愛的象徵，具有永恆而普遍的意義。

在七十年代的今天，散文所表現的內容與形式，又較朱自清時代為廣大複雜。固然一些信手寫來，直抒胸臆的作品仍佔大多數，但已有許多作家嘗試將主題以更曲折的方式呈現。因此，對主題意識的挖掘實不宜掉以輕心。

(二)辭藻的修飾

散文辭藻之需修飾，要比小說、戲劇更重要。把修辭技巧做一分析歸納是最基本的功夫。以白辛〈輕歌〉片段為例：

……這著實是個單純得令人想醉的地方，像顆不亮的星子，默默的嵌在黛藍無邊的天幕一般，悄悄地落在嘉南平原上，誰都不會注意它的存在，但是誰也不能否定它的存在，多少變動的年代，多少光燦的歲月，在它的沉默中過去，那些，對它來說，都只是一絲清風，一片薄陽，它就是那麼一個樣子，樸拙得不想，也不願改變自我。所以，當我踽踽在小鎮時，常常幾疑自己是淡雲、是落葉，在飄泊的逆旅中，當我心力已疲，步履已艱，它是我唯一不再需要思想，不再需要惶恐，可以任意歇息行腳的地方。

在這兩百字中，作者參用著譬喻、類疊、對偶、錯綜、映襯等修辭手法。在譬喻修辭中一用明喻，一用隱喻；在類疊修辭中，或用疊字，或用類字；在對偶句法中，則單句對與句中對交換使用。以下再詳細說明：

「像顆不亮的星子」把小鎮比喻成星星，是明喻；「幾疑自己是淡雲、是落葉」，省去喻詞「像」只用繫詞「是」，所以是隱喻。這裡「不亮」用以形容鎮小而樸素，「淡雲、落葉」用以自比，才能配合小鎮的風格，所以那才是作者「可以任意歇息行腳的地方」。以上的譬喻可以說富於聯想又切合情境。又「是淡雲、是落葉」兩「是」字又形成類字。「誰都不會注意它的存在，但是誰也不能否定它的存在」及「樸拙得不想，也不願改變自我」也都是類字，能有重複的節奏。其間「默默、悄悄、踽踽、常常」等柔和的疊字適時出現，又增加文章委婉的氣氛。「多少變動的年代，多少光燦的歲月」及「心力已疲，步履已艱」是對偶句法中的單句對，「一絲清風，一片薄陽」則是句中對。散文中多用對偶排比的句子，可以收典麗之效。後面「不再需要思想，不再需要惶恐，可以任意歇息行腳的地方」前二句否定，後一句肯定，又形成錯綜修辭格，能在整齊中求變化。「單純得令人想醉」，濃的東西才能使人醉，單純竟能使人欲醉，這又是映襯格中的反襯法。諸如此類，鑑賞者要去發掘作者修辭的技法，及其技法的成敗效果。

㈢意象的塑造　散文中，作者必然會呈現大大小小的意象以烘托主題。然而意象的塑造有精有粗，有朦朧而美也有曖昧而醜的。像李覓〈我還沒見過長江〉中：

一葉扁舟划游在我的眸中，呼吸淡水河鬱鬱的空氣。

上句的意象如換成另一形式便不討好：

我看到淡水河上划著一葉扁舟。

塑造類此精緻的意象，可用的方法很多，像「我的心遂還原為鼓風爐中的一支哀歌」（瘂弦〈芝加哥〉）是用轉品手法，「尋找我頰邊失落的顏色」（張秀亞〈幻思篇〉）是用婉曲法以道出人已年老。此外，利用活字來點眼也最能塑造鮮明的意象。

關聯全篇主旨的大意象尤不可忽略。以季季〈你底呼聲〉來說；全文主旨在寫作者與「寫作」的姻緣。「你」便是指「寫作」這件事，作者十六、七歲便受寫作的吸引、招喚而迷戀上創作。全文並未點破二者的關係，但從文中的許多意象可以綰合出「寫作」的面貌來：當作者初試寫作時，便是「你底呼聲」第一次的招喚：「一種像是命定的感動，緩緩在我內心昇起。」表示「命中註定」。「我開始在紙上描繪你，在我走過的人生的每一角落，搜尋你底影像。」是直指「寫作」的關鍵之一。「我仍然夜夜在紙上描繪你底臉孔。」作者專在夜間寫作，這是關鍵之二。「空無所有中，你底呼聲卻更高昂，更堅韌，更不可動搖。」指作者放棄了戀愛、婚姻，而寫作意志更堅強。在作者驚見「你」底形象時，「你底雙足裸露，血跡斑斑。你說你從天涯的盡頭涉足而來……」是指示作者寫作的路須辛苦跋涉。「還要懂得過濾和層次，不要同時把所有的色澤都塗在我臉上。」是對作者寫作的指示。將以上總總片斷綰合起來，便可肯定出「你」的形象，與在這篇文章中的主題意義，這是鑑賞者必須補綴串連的工夫。

(四)感官的複製　包括各種感覺器官的接納與移就。即在散文中多方引起各種感覺器官的感應，或使感官間錯綜移屬，產生豐富的感覺性。以朱自清的〈歌聲〉為例：

涓涓的東風祇吹來一縷縷餓了似的花香；夾帶著些潮濕的草叢的氣息和泥土的滋味。

「涓涓」本用來形容水流的樣子，此處卻用來形容風，不但有流動的姿態——予視覺感受，更有聲音——涓涓狀風聲，予聽覺以聲音。「花香」已予人以嗅覺的感受，但著一「餓」字便形象化，又給人以柔弱微細的感覺。此外，「潮濕」予人以觸覺，「草叢的氣息」、「泥土的滋味」予人以味覺、嗅覺的感受。像這樣多方刺激讀者的感覺器官，能加強讀者的印象與領會。〈歌聲〉通篇都在發揮這種技法。

㈤氣勢的蓄積　古人寫作散文，特別重視「蓄勢」，所謂轉換的筆法、逐段的翻瀾、遞轉、一段逼深一段，無非都在蓄勢與造勢。到了尾段，戛然收筆，便有千鈞之力，破空而來。現代散文也有人注意到它的妙處了。以余光中〈蒲公英的歲月〉為例：

〈蒲〉文主旨在表現作者的中國意識。不僅有心繫故國的繾綣，且有擔當宇宙的雄心，前者用以蓄勢，後者在文尾發揮得淋漓盡致。

在蓄勢上，作者從三方面下手：首先呈現自己蒲公英般的歲月，次則強調對舊大陸之情，末則鋪陳孤寂之感。二十年前作者從中國大陸逃到臺灣，而後三度前往新大陸。形體便像蒲公英，任風一吹，便飛向四方，來回在新大陸與島嶼之間。就是不能回到舊大陸。在形體上，舊大陸日遠，新大陸日近，但心情正好相反。由此引渡到對舊大陸之情：只能遙望與懷念；一次在金門，一次在勒馬洲，都有沉痛的刻劃。在這徒喚奈何之際，作者仍抱著希望：「因為有詩的時代就證明至少有幾個靈魂還醒在那裡。」而相信詩人以如椽之筆可以打倒邪惡。豈料，由此一轉而進入孤寂之境，早期慷慨赴義般的詩友，紛紛退出戰場，只剩自己孤軍奮鬥，這是一層寂寞。另外還有一層寂寞，在邀尋新知音、戰友的失敗上。碧瞳人的外國佬固不能同情作者的感情，連生於臺灣長於臺灣的青年，也不能與作者共鳴，這是對黑瞳人的失望。這三個層次一個遞進一個，在經過寂寞的過濾之後，在這三個層次的蓄勢之後，作者終於逼出了舍我其誰的義憤：他是中國的。「他吸的既是中國的芬芳，在異國的山城裡，亦必吐露那樣的芬芳，不是科羅拉多的積雪所能封鎖。」因此全文的尾段最具千鈞之勢：

他以中國的名字為榮。有一天，中國亦將以他的名字。

神迴氣合，結束堪稱有力。

㈥蘊藉的筆力　辭藻的修飾、感官的複製，乃至結構章法、韻律氣勢都較有跡可尋，或可力強而致。但蘊藉的筆力，則需內斂的涵養與純青的火候。以琦君的〈髻〉為例：

〈髻〉是寫父親娶了美麗時髦的姨娘，而使母親哀怨一生。寫「怨」而能蘊藉，實在不容易。但琦君處理得非常好，完全是中國儒家「哀而不傷，怨而不怒」的分寸。

〈髻〉的蘊藉，全從對比中襯出。由兩個女人的頭髮下筆。作者生母的頭髮是「烏油油的柔髮卻像一匹緞子似的垂在肩頭，微風吹來，一綹綹的短髮不時拂著她白嫩的面頰。」同時順便帶出母親是近視眼，「瞇縫眼兒的時候格外的俏麗」，並認為父親見此，必會為她買一對亮麗的水鑽髮夾。事實上，父親不但沒帶回水鑽髮夾，反帶回一位壓倒性勝過母親的姨娘。她的「皮膚好細好白」，「一頭如雲的柔髮比母親的還要烏，還要亮」梳的髮式都是最新型的。之後，大小太太的冷戰是必然的，作者卻全從「髻」下手。母親的髻是老太太才梳的鮑魚頭，似乎故意要跟姨娘的新式「橫愛司髻」別消極的苗頭。母親只在七月初七洗頭，姨娘卻一個月裡洗好多次頭。姨娘的頭髮「香風四溢」，母親的卻不免「有點兒難聞」。這其間，母親最具體的冷戰行動是拒用姨娘的餽贈。她把姨娘送的一對翡翠耳環「收在抽屜裡從來不戴，也不讓我玩」。另外一瓶三花牌髮油被「高高擱在櫥背上」，並說：「這種新式的頭油，我聞了就泛胃。」她從不正面批評、拒絕姨娘，只做消極的退避，既表現了她的怨，又刻劃了她的容忍美德。可惜，消極冷戰的結果，使母親失去從前豐潤亮麗的臉容，使自己愈遠離丈夫。

使〈髻〉文有更豐富蘊藉美的還是最後三段。作者前邊寫母親與姨娘，一直用對比的方法。但最後卻由「異」轉入「同」。在父親去世後，「母親和姨娘反而成了患難相依的伴侶，母親早已不恨她了。」姨娘不但心靈上接近了大太太，外表打扮也跟她大同小異了，兩人能化干戈為玉帛，還是要靠大太太的寬宏胸襟。

末段更寫作者能承母志，也有寬懷慈心，使蘊藉美更深一層。作者與姨娘遷來臺灣，相依為命，姨娘當年如雲的青絲，只剩了一小把，且夾有絲絲白髮。但這一轉眼也成了過去，姨娘的骨灰早已寄存在寺院中。「髻」所造成的風雲，早已停止，雖然人生的愛、憎、貪、癡曾那麼震撼人心。在這篇不慍不火的文字中，是蘊藏著怎樣深厚的情感與悟解！

㈦完整的結構 只要是藝術品，都會有它完美的架構，散文也不例外。不論是寫時間的遞變、或空間的轉換、或景致的層面、或情感的起伏，在脈絡上都要有次第層面。就各個層次而言，起承轉合、抑揚頓挫，也不外幾項名目，但要巧妙搭配，自成機杼，使全文血脈流通、骨節靈活，一氣呵成，並不容易。茅盾的〈白楊禮讚〉便是結構與其他關鍵搭配極其成功的例子：

〈白〉文一面歌詠白楊樹筆直向上、不屈不撓的精神，一邊呼應到中華民族奮力向前、屢蹶屢起的特質。通篇不過一千三百字，但層次分明，結構嚴密。

全文分九個小段。開頭以一句成段：

白楊樹實在不是平凡的，我讚美白楊樹！

破題非常直截了當。明明是「起」，但第二段偏不「承」。反而先大力描寫黃土高原高大廣邈的特色。在顏色上，只有黃色——黃土，及綠色——麥田，形成單調的感覺。在這單調中，第三段猛然推出像哨兵似的樹木，使作者「驚奇地叫了一聲！」到第四段，才告訴你那就是白楊樹！

那就是白楊樹，西北極普遍的一種樹，然而實在不是平凡的一種樹！

又是一單句成段，不但遙遙呼應首段，在層次上又比第一段深一層；除了介紹它的「不平凡」外，又舉出它的「普遍」特性，這兩點特質，正好在後文綰合中國民眾的特質。回頭再看第二、三段的作用，顯然是在章法上求變化；第一段白楊樹已呼之欲出，第二段偏使它隱下去，這是「吞吐」手法，第三段還來個「擺盪」，直是先聲奪人。這兩段完全是為白楊樹的出現做鋪路工作。

第五段仔細介紹白楊樹，作者每一筆雕鏤都有他的用意在：「那是力爭上游的一種樹，筆直的幹，筆直的枝。」「它所有的椏枝呢，一律向上，而且緊緊靠攏。」「那怕只有碗那樣粗細罷，它卻努力向上發展，高到丈許，兩丈，參天聳立，不折不撓，對抗著西北風。」白楊樹的每一種姿態都足以象徵中國民眾的特質，但並未點明。第六段又以單句出現：

這就是白楊樹，西北極普遍的一種樹，然而決不是平凡的樹！

不但再度回應前文，且是對白楊樹做一肯定的結論。因此第七段便很自然的把白楊樹與中國民眾聯結一起：「這樣枝枝葉葉靠緊團結，力求上進的白楊樹，這宛然象徵了今天在華北平原縱橫決盪，用血寫出中國抗戰歷史的那種精神。」第八段是將樹與人做總歸納。第九段以短句收束：

我要高聲讚美白楊樹！

〈白〉文中一、四、六、九段互相呼應，簡潔有力，使全文充滿節奏感。尤其尾段再濃縮，餘波盪漾不已。

再看〈白〉文的層次；前六段重點在寫景物的氣象，第七段由風景過渡到民眾的精神氣象。第八段統一景物與人民。第九段則一語雙關，表面在讚美白楊樹，骨子裡是在讚美中國的民族性。在樹與人的比較上，作者把握兩者的共同性：普遍而不平凡，契合無間。〈白楊禮讚〉全文氣宇軒昂，文字緊湊有力，各段照應完密，實為不可多得之作。

(八)韻律的錘鍊 音樂，只能利用聲音表現節奏美；圖畫，只能利用形象表現繪圖美；而文學，卻能兩者兼俱。尤其是韻文中，對韻律的錘鍊，已多爐火純青的傑作。這實基於中國文字，一字一音，造字之初又是「聲義同源」，同聲音的字，意義大多相近。因此最適宜表現聲音節奏美。現代散文也不應放棄這優越的條件，鑑賞者也不能忽略這方面的享受。試看余光中的〈鬼雨〉：

> 今夜的雨裡充滿了鬼魂。濕漓漓，陰沉沉，黑森森，冷冷清清，慘慘淒淒切切。

〈鬼雨〉是寫喪子之痛，全文充滿悲悼之情。這一句用「濕漓漓、陰沉沉、黑森森」連著九個平聲字。一般而言，平聲字給人的感覺是「哀而安」，其中陰平聲是「低而悠」，這九個字的重點在「濕、陰、黑」上，都是陰平。再看用「濕漓漓」而不用「濕答答」、「濕津津」、「濕浸浸」等，便是因「答、津、浸」等字音調較響亮，跟全文氣氛不配合。再看余光中〈蒲公英的歲月〉：

> 大悲劇之後山色猶青著清朝末年的青青，而除了此岸的鷓鴣無辜地咕呼彼岸的鷓鴣……

從山「青」銜接到「清」朝，語意、聲音雙綰。「青」字聲音的重複便是在強調山水的無知，極具國破山河在的悲涼。下句以幾個「鴣」音字來強調「無辜地咕呼」的意思，正象徵作者無奈的呼告。這一句除了聲音重複外，「無、咕、呼」還具有雙聲疊韻的音樂性。前半句又暗用典：「無情最是臺城柳」，所以能典麗而悲涼。

中國文字的雙聲疊韻最富音樂性，現成的連綿字已是取之不盡，而非連綿字造成的雙聲疊韻，作者更應用在不經意處來強化效果。鑑賞者便要從這些不經意處尋得蛛絲馬跡。

鑑賞散文的角度當然還不止這些。以上所舉幾個項目在細節上還可以繼續探討。像章法一目，還可以注意筆法的抑揚、頓折、宕開、戛收、遞轉、翻瀾等等。創作既無定法，鑑賞也當隨機應變。我們相信一個散文作者能發人所未發，固是偉大的創作；而一個散文鑑賞家若能見到別人所未見的優劣點，也是一項可貴的藝術。

（六十七年四月《幼獅月刊》）

現代散文欣賞

目次

代序——談鑑賞散文的方法

論朱自清的散文

在中國文學史中，被一度提昇到「經典」境地的著作，便恆常保有固若金湯的地位。爾後零零落落的翻案文章，很少能損其毫髮。這固然可減少殺伐之聲，但也使我們的批評界缺少波瀾與新氣象。目前已經有許多人有了這種自覺，同時外國學者如馬莊穆先生也提出過忠告。我們應該相信能走進文學史的作品，必然有它可珍貴的一面，而能在文學史的神龕中立足的大作家，也必經得起歷代批評X光的透視。但我們也該承認，一個偉大的作家並不一定所有的作品都無瑕可疵。有些人欣賞某部成功的作品，心儀那位偉大的作家，而無視於（或不在乎）作者其他作品的缺陷。另有些人則拿著顯微鏡，針對此作家的失敗作品而細舉缺漏，彷彿一無可取。批評者的角度越是不同，越能揭出作品的各個層面。我們寧願看有缺陷的大觀園，也不願抱住象足，沉醉在盲人的自滿中。

筆者近日重讀朱自清散文，深覺中學閱讀時未能見出朱文的許多優劣處，也認為前人對朱文的批評多偏重風格、內容。今日環讀再三之餘，甚覺朱氏的修辭技巧也頗具特色，於是擬針對此點整理成文。不意這時見到余光中先生發表在《中外文學》六卷四期的〈論朱自清的散文〉。余先生站在現代散文創作者的立場發言，指陳朱氏散文的弊病，已不足七十年代作者效顰。然而就文論文，個人覺得朱文亦有不容抹煞的優點，仍然有其地位。故仍不揣淺陋，一抒鄙見。

在朱自清的散文中，筆者認為〈背影〉、〈匆匆〉、〈春〉及刪節過的〈荷塘月色〉等篇深入淺出，老少咸宜，亦有內蘊。而〈歌聲〉、〈房東太太〉、〈阿河〉等文，應是一流作品，值得再三翫讀。以下擬就幾個角度來看朱文的優劣。

一、文字修辭

朱自清基於白話文運動初期「我手寫我口」的基本觀念行文，使他的文字不免過於口語化，以今日讀來，也許覺得平淡，但這卻是那個時代的風格之一。細讀朱文，有些句子也是文白夾雜而能融合無間的，像：

> 他們於一言一動之微，一沙一石之細，都不輕輕放過！（〈山野掇拾〉）

> 他們覺得這一毫一厘便是那一千一萬的具體而微……無論錙銖之別，淄澠之辨，總要看出而後已……（〈山野掇拾〉）

至於詩中所說的，那更是遙遙乎遠哉了……（〈一封信〉）

雖是區區尺幅，而情韻之厚，已足淪肌浹髓而有餘。我看了這畫，瞿然而驚！留戀之懷，不能自已。（〈月朦朧，鳥朦朧，簾捲海棠紅〉——以下簡稱〈月朦朧〉）

可惜類此句子不多，其實朱氏無意錘鍊這種文字，甚至朱氏如自覺到了，必會認為這是「文言素養」作怪，而引以為病。這種觀念，在當時不獨朱氏有之。魯迅在〈寫在墳的後面〉便懊惱平時耳濡目染過多文言文，「正苦於背了這些古老的鬼魂，擺脫不開，時常感到一種使人氣悶的沉重。」且強調「以文字論，就不必更在舊書裡討生活，卻將活人的唇舌作為源泉，使文章更加接近語言，更加有生氣。」其實，魯迅文章之好正是受惠於文言文而不自知。時至今日，文言可輔白話文之不足，已是不爭之論。但在二、三十年代，要棄文言而寫白話，文章參用文言句，反而犯忌。當時作家仍在摸索階段，文字過於口白，本無足怪，但卻妨害文字的精密度。尤其語助詞「的、呢、了、啊」等用得太大方。〈背影〉全篇連標點符號不過一千四百字，但用了二十八個「了」字。〈匆匆〉全文六百多字，有三十四個「的」字（包括三個「地」字），八百字的〈春〉也有四十四個「的」字（包括一個「地」字）。像：

這是一個秋季的薄陰的天氣（〈綠〉）

「秋季」下「的」字也許可以省略，且「秋季」表時間太長，不如改為「初秋」或「深秋」、

「晚秋」來得明確些。

……於是更動搖了俞君以外的我們的風魔了的眷戀了。(〈憶跋〉)

「了、的」參差出現在一短句內，既阻礙口舌之便，又使文句顯得拖沓。但如：

彎彎的楊柳的稀疏的倩影……(〈荷塘月色〉)

我們開始領略那晃蕩著薔薇色的歷史的秦淮河的滋味了。(〈槳聲燈影裡的秦淮河〉——以下簡稱〈槳〉文)

上二句，余先生皆以為病。我個人卻認為這兩句頗耐翫味。前句用以形狀細長、彎曲、稀疏的楊柳，用「的」字綴連成長句，正像細長的柳枝垂下一般。以句型的長度來輔助文意的長度，能給人以視覺的美感，後句是作者在「槳聲燈影」的秦淮河中，既與客談明末秦淮艷跡以起興，又復憧憬著「紙醉金迷之境」而忘返。這籠罩下來的歷史陰影自然是「薔薇色」了。因此這一句利用「的」字截斷而堆積起來可以造成意象的複疊，可惜在〈槳〉文中，作者一再申明「歷史」、「六朝金粉」，使得此句失去含蓄韻味。至於余先生認為此句意思曖昧，「因為它可能不止一種讀法。」亦引為弊病。事實上，筆者認為讀法多樣，只要不造成自相矛盾的意義，其實可以產生豐富的歧義性，引起讀者的多方聯想。

早期新文學作家喜歡信手使用感歎詞。今日看來，不免累贅，朱氏文中也多不免：

我在他們下課的時候，又曾幾度在樓頭眺望；那丰姿更是撩人：雲哟，霞哟，仙女哟！(〈一

封信〉）

現在想已擱起來無人用了吧？唉！（〈一封信〉）

他的情韻風懷，原是這樣的喲！（〈月朦朧〉文）

最為刺眼的還是〈綠〉文：

那醉人的綠呀！彷彿一張極大的荷葉舖著，滿是奇異的綠呀。我想張開兩臂抱住她；但這是怎樣一個妄想呀。

彷彿蔚藍的天融了一塊在裡面似的，這纔這般的鮮潤呀。

那醉人的綠呀，我若能裁你以為帶……

修辭手法中最要慎重取用的是感歎格與呼告格，絕不能濫用，只能像味素僅做佐料，畫龍點睛，見好就收。〈匆匆〉中便有成功處：

太陽他有腳啊，輕輕悄悄地挪移了。

驚訝於時光有腳般的不停留，一聲低低的驚呼，語意完足。回頭再看〈綠〉文，在造意及結構上本頗多可取之處，可惜感歎詞太多，呼告處也失之露骨，像：

我捨不得你！我怎捨得你呢？我用手拍著你，撫摩著你，如同一個十二三歲的小姑娘。

朱氏在文字上鍛鍊得相當接近當時口語，就時代而言，可能無可厚非。幾篇較成功的作品裡也能找到浮詞冗句，以〈背影〉而言，第四段開頭：

到南京時，有朋友約去遊逛，勾留了一日……

既服喪，又事忙，應無心情遊逛，何況遊逛事與全文題旨無涉，理當刪除。又第五段兒子見父親跟腳夫講價錢：「我那時真是聰明過分，總覺他說話不大漂亮……」最後一句是「唉，我現在想想，那時真是太聰明了！」前面說自己「聰明過分」已夠露骨，後面還要再加上尾巴，添個歎詞，就吃力不討好了。全篇尾段寫作者捧讀父親來信，「在晶瑩的淚光中，又看見那肥胖的，青布棉袍黑布馬褂的背影。」在此便可打住，與首段遙遙呼應，留下無限餘味。但作者偏又加上蛇足：「唉！我不知何時再能與他相見！」

自然成文固然造成朱自清不刻意雕琢的風格，但不因此便沒有修辭技巧，以下試談朱氏四種較特出的修辭法。

(一)譬喻法

此一修辭法，尤其是明喻，為新文學初期最流行的修辭方法。朱文大量泛濫本不足奇。但他特別喜歡一物數比，固然有成功處，也不乏敗筆：

(夢)這樣地來了又去，來了又去；像樹梢的新月，像山後的晚霞，像田間的螢火，像水上的簫聲，像隔座的茶香，像記憶中的少女……(〈山野掇拾〉)

這幾天似乎有些異樣。像一葉扁舟在無邊的大海上，像一個獵人在無盡的森林裡。(〈一封

信〉）

過去的日子如輕煙，被微風吹散了，如薄霧，被初陽蒸融了……（〈匆匆〉）

三例都很成功。首例因夢本身便奇異多樣，喻依的變化越多，越足以摹狀出夢的多彩多姿。二例寫心神不寧，兩個喻依都有飄搖不定，不知所之的茫然，所以能切合情境。三例以具體喻抽象，微風吹散輕煙，初陽蒸融薄霧，都有形而無跡，以喻日子之消逝極恰當。一物數喻的好處是可以製造排比的句型，可以助長節奏。除上例外，〈春〉裡更多：

野花遍地是……像眼睛，像星星，還眨呀眨的。

雨是最尋常的……看，像牛毛，像花針，像細絲，密密地斜織著……

春天像剛落地的娃娃，從頭到腳都是新的，它生長著。

春天像小姑娘，花枝招展的，笑著，走著。

春天像健壯的青年，有鐵一般的胳膊和腰腳，他領著我們上前去。

一物數喻要統一，又要有變化。從野花在陽光下閃爍搖動的姿態這個角度來看它，是統一，基於這統一的原則再找出眼睛與星星本質不同的東西來譬喻是變化。統一的原則是：野花、眼睛、星星都能「眨呀眨的」。二例從感覺上著手，牛毛給人以柔軟的感覺，花針、細絲予人以纖美的感覺，同時，花針可以穿上細絲或牛毛來「密密地斜織著」，很柔美的意象。

三例分別以三個譬喻造成排句，增加春天的氣勢，其間又分三個層次來總結「春」：

春天的性質就像初生的嬰兒柔嫩可愛，它的儀態像小姑娘嬌美活潑，它的精神像壯健的青年，砥礪奮發。暗合著由初春、盛春、季春的三個階段。

那花（紫藤花）真好看；一縷縷垂垂的細絲，將她們懸在那皴裂的臂上，臨風婀娜，真像嘻嘻哈哈的小姑娘，真像凝妝的少婦，像兩頰又像雙臂，像胭脂又像粉……（〈一封信〉）

（荷花）正如一粒粒的明珠，又如碧天裡的星星，又如剛出浴的美人。（〈荷塘月色〉）

上二例喻體都是一例相同的形象，作者不曾暗示她們具有變化多端的形態，卻將一物數喻。後例雖曾說明荷花姿態的不同：「有嫋娜地開著的，有羞澀地打著朵兒的」，但三個喻依本身沒有共通性足以跟「開著的」或「打著朵兒」的荷花造成聯想，前例的喻依更形駁雜：既以小姑娘、少婦（人）為譬，又以兩頰、雙臂（人體某一部分）為譬，復以胭脂、粉（化妝品）為譬，形象太複雜，又跟喻體無甚關聯處，讀者的接納感官無法將它統一起來欣賞，讀者可以仔細分辨其優劣。

在譬喻的變化上，朱文還喜歡在譬喻中再譬喻：

彷彿一個暮春的早晨。霏霏的毛雨默然灑在我臉上，引起潤澤，輕鬆的感覺。新鮮的微風吹動我的衣袂，像愛人的鼻息吹著我的手一樣。（〈歌聲〉）

〈歌聲〉一文凡五段，除首尾兩段用來開場跟收束外，中間三段全以「彷彿」二字帶入譬喻之中。各段內的譬喻便是二度用喻。儘管如此，朱文的明喻仍嫌太多，許多地方都可適度改成隱喻、略喻或借喻，那麼他的明喻才不致顯得過多而不討好。

㈡轉化法

將事物改變成迥然不同的性質，而加以形容的方法叫轉化。它可分為：擬人法、擬物法、形象法、抽象法。轉化法的最大特色是可以使靜物活化，或使生物靜化，或使抽象變成具體，或使具體變成抽象。變化多端，是非常豐富而有彈性的技巧。在朱文中〈匆匆〉及〈春〉運用大量轉化格。使這兩個抽象的主題，具現於讀者眼前。試看〈匆匆〉給時間的形象：

但我的手確乎是漸漸空虛了。——給時間以實體、重量。（擬物）

小屋裡射進兩三方斜斜的太陽。——給時間以行動。（擬物）

太陽他有腳啊，輕輕悄悄地挪移了。——給時間以形體。（擬人）

賦時間以形體跟動作，它的「行色匆匆」才能宛然如見。再看〈春〉：

山朗潤起來了（擬物），水長起來了（擬人），太陽的臉紅起來了。（擬人）

桃樹、杏樹、梨樹，你不讓我，我不讓你，都開滿了花趕趟兒。（擬人）

花下成千成百的蜜蜂嗡嗡地鬧著。（擬人）

這些轉化，無非在設法使靜物活動化，跟春天人們的實際活動配合：「坐著，躺著，打兩個滾，踢幾腳球，賽幾趟跑，捉幾回迷藏」及牧童的笛聲、天上風箏和「家家戶戶，老老小小」都出來舒活筋骨，呈現出春天充滿生長、新鮮、熱鬧、愉快、活潑、希望、亢進的精神。所以，〈春〉看似在以人刻劃景，實際上又以景來啟示人。

轉化法用得好，常有畫龍點睛之妙。如〈松堂遊記〉中寫點起的洋燭：「怯怯的焰子讓大屋頂壓著，喘不出氣來。」著「怯怯」二字已擬出瘦弱可憐狀，再點一「喘」字更見鮮活。可惜朱文在轉化法中擬人格就像譬喻法中的明喻一樣，分量太多，以今日眼光來看，擬人格已無甚出奇，並不見討好，倒是抽象化或形象化仍可發揮，如：

這邊沿岸一帶，相間地栽著桃樹和柳樹，春來當有一番熱鬧的夢。（〈阿河〉）

上例綜合使用示現與轉化法。預言春天的情形是示現；把「春來」的實際情況化成抽象的「夢」便是用抽象法，顯得空靈異常。這一句出現在〈阿河〉首段，意味深遠，預言將有一番「熱鬧的夢」不正是後文作者對女傭阿河所產生的一段綺思嗎？阿河的故事本身儘管平淡，但她在作者心中造成的波瀾卻是「熱鬧」的。然而不論多麼熱鬧喧騰都只暗藏在作者心中，他對阿河莫名的企盼終至落空、絕望，其實卻只是作者自塑的「夢」而已。這樣利用篇首景物的點化，並暗示全文的主題，確是成功之筆。

(三)比較法

利用不同事物的共通點做相反或相似的比較，以襯托出異同來。朱文中實不乏此例：

燕子去了，有再來的時候；楊柳枯了，有再青的時候；桃花謝了，有再開的時候。但是，聰明的，你告訴我，我們的日子為什麼一去不復返呢？（〈匆匆〉）

時光的消逝本無聲無息，一般人也許不易察覺，作者利用自然現象的周而復始，循環無窮，跟人類的有限生命做比較。本來，以大自然跟小我的生命做比較，對比太尖銳，會形成嚴重的壓迫感。但朱氏利用大自然中最輕巧的燕子、楊柳、桃花，以部分代全體，具有調和作用。

〈背影〉中也有幾個對比鏡頭值得翫味：第四段作者父親本該不送兒子上車，但躊躇再三，「終於決定還是自己送我去。」又第五段作者見父親跟腳夫講價錢，而笑父親太迂，事實上是作者自己「聰明過分」，這裡送與不送，迂與不迂的對比，便襯托出父愛的光輝。但作者自己當時並未察覺。第六段見父親辛苦攀爬月臺去買橘子的背影時，才恍然驚覺。此處是全文一大轉折，轉折得合理、自然而強烈。這兩個小對比在前段做伏筆，以陪襯作者的無動於衷。此外，〈背影〉對父子兩人的外型也有對比功夫：第五段兒子穿的是「他給我做的紫色毛大衣」而父親卻在第六段「戴著黑布小帽，穿著黑布大馬褂，深青布棉袍」，顯然一個是年輕瀟灑，衣冠楚楚，一個是年老蹣跚，土頭土腦。此外，〈背影〉尾段父親給兒子的信中說：「我身體平安，惟膀子疼痛厲害」，告訴兒子「平安」是安慰話，怕兒子擔心，但父子情深，又不得不告以脖子疼痛的實情。又形成「平安」與「不平安」的對比。〈背影〉全文可以說是利用小對比來烘托大對比。作者對父親的感情由始而不滿、嘲諷，轉而敬愛、悲傷。發現「背影」是其關鍵處。造成前後強烈的對比，這是該文最成功的地方。

〈荷塘月色〉也有以對比見功力處；開頭一句便說「這幾天心裡頗不寧靜」，於是走向月下荷塘——寧靜，在寧靜中體會出「我愛熱鬧，也愛冷靜；愛群居，也愛獨處」，末尾由寧靜又扯到熱鬧：「這時候最熱鬧的，要算樹上的蟬聲與水裡的蛙聲」，「但熱鬧是他們的，我什麼也沒有」又回到自己的寂寞。此處以蟬蛙之聲造成的對比具有反襯作用，更見出作者內心的寂寞。

朱氏還喜歡利用多項事物去比襯某事，這是設法用群芳皆蕪以襯出一枝獨秀的伎倆。如：

殿在半山，巍然獨立，有俯視八極氣象。天壇的無樑殿太小，南京靈谷寺的太黯淡，又都在平地上。（〈松堂遊記〉）

我曾見過北平十剎海拂地的綠楊，脫不了鵝黃的底子，似乎太淡了。我又曾見過杭州虎跑寺近旁高大而深密的「綠壁」，叢疊著無窮的碧草與綠葉的，那又似乎太濃了。其餘呢，西湖的波太明了，秦淮河的也太暗了。可愛的，我將什麼來比擬你呢？我怎樣比擬得出

> 呢？大約潭是很深的，故能蘊蓄著這樣奇異的綠。（〈綠〉）

前例以天壇、靈谷寺殿堂的缺點跟松堂殿的優點相對照，自能相形見絀。後者連舉四例，不是過就是不及，唯有仙岩的水濃淡相宜，明暗適度。朱文中也有用比較法不甚出色的，如：

> 秦淮河的船，比北平萬牲園、頤和園的船好，比西湖的船好，比揚州瘦西湖的船也好。這幾處的船不是覺著笨，就是覺著簡陋、侷促；都不能引起乘客們的情韻，如秦淮河的船一樣。（〈槳〉文）

此處也舉四個地方的船來比襯秦淮河的船。但說得太籠統，「不是覺著笨，就是覺著簡陋、侷促」這樣一網打盡的寫法，會減低陪襯的效果。

在比列時，不做好壞的軒輊，純作旁襯作用的如：

> 我在中學時，便讀了康更甡的《歐洲十一國游記》……滂卑古城最是我低徊留戀而不忍去的！那時柳子厚的山水諸記，也常常引我入勝。後來得見《洛陽伽藍記》，記諸寺的繁華壯麗，令我神往；又得見《水經注》，所記奇山異水，或令我驚心動魄，或讓我游目騁懷。這些或記風土人情，或記山川勝跡，或記「美好的昔日」，或記美好的今天，都有或濃或淡的彩色，或工或潑的風致。而我近來讀《山野掇拾》，和這些又是不同；在這本書裡，寫著的只是「大陸的一角」，「法國的一區」，並非特著的勝地，膾炙人口的名勝，所以一

空依傍，所有的好處都只是作者自己的發現！（〈山野掇拾〉）

作者為了告訴讀者《山野掇拾》一書的好處，不惜花費大量筆墨，列舉許多著名的遊記的許多長處，但不跟《山》書做高下的比較，卻由《山》書的一空依傍，由前人許多特色之外，能別開生面更創特色，益見它的難能可貴。這種介紹文字，正是最好的推銷術。

(四)象徵法

在散文中適度使用象徵手法，可使題旨更完足、更豐富、更有餘味。以〈荷塘月色〉、〈背影〉來說：

〈荷〉文首段開頭是「這幾天心裡頗不寧靜」，因此想到月下荷塘散心，段尾「帶上門出去」便象徵把心中的門也把白天的熱鬧煩囂一併關閉。這在第三段還有文字補足：「白天裡一定要做的事，一定要說的話，現在都可不理」，這種補白稍嫌露骨。另外，第六段描寫荷塘四周的樹：「這些樹將一片荷塘重重圍住；只在小路一旁，漏著幾段空隙，像是特為月光留下的。」這兒「漏著幾段空隙」正象徵作者白天被大大小小的瑣事所包圍，只有晚上的空隙才能逃出來，是「特為月光留下的」，大有助於融情入景。

〈背影〉對父愛的渲染極為著力。尤其描繪父親辛苦攀爬月臺來回買橘子一幕，更是慢鏡頭的放大特寫。待買回時，「將橘子一股腦兒放在我的皮大衣上」，橘子用來象徵父愛，

「一股腦兒」毫不保留的全部付給兒子。在這篇充滿灰色、慘澹氣氛的文章中，父親買的「朱紅」橘子及給兒子做的「紫毛大衣」是很鮮明的色澤，而紅、紫俱屬暖色系統，正足以象徵父愛。此外，就「背影」為題而言，它固然是父愛的象徵，同時也意味著子女感受到父愛之後的徹悟。再擴大來看，「背影」還影射著微妙的哲理：在前半篇中，作者面對父親的照顧，反而產生厭惡抗拒的心理，但在父親的背後，卻能自動發現父親的愛心，這幾乎是古今中外所有子女的寫照，所以「背影」的象徵意義是極廣大而普遍。

二、結構章法

我個人認為早期大部分新文學作家的白話文，受舊文學底子的影響較深，雖然有人不自覺且否認，以下所談朱文的結構章法及氣氛烘托，實多得力舊文學的薰陶。〈匆匆〉不只架構完整，佈局緊湊，且全文無廢字冗句，乾淨俐落；一連串逼人的問句綰合首尾且貫穿全文，使文勢遒勁異常。先看首段：

燕子去了，有再來的時候；楊柳枯了，有再青的時候；桃花謝了，有再開的時候。但是，聰明的，你告訴我，我們的日子為什麼一去不復返呢？——是有人偷了他們罷：那是誰？又藏在何處？是他們自己逃走了罷：現在又到了那裡呢？

「燕子去了……時候。」只是陪襯下一句「聰明的，你告訴我……返呢？」，以燕子、楊柳、桃花有青春復返的機會來對比人的青春有去無回。下面破折號以下的四問句也是賓，用來延長上一句的疑問口氣。所以首段可以說只有「聰明的——」一句為主幹，同時貫串全篇，成為文中之柱，到結尾以單句收束：「你聰明的，告訴我，我們的日子為甚麼一去不復返呢？」又遙遙回應。至於中間三段則緊緊環繞著「日子一去不復返」而渲染，緊緊扣住題目。其中第二段把「日子」譬喻成水，而「我不知道他們給了我多少日子，但我的手確乎是漸漸空虛了」，手握不住水，自然也握不住日子，所以譬喻可以雙縮文義，很成功。同時，「我的日子滴在時間的流裡」，又以自己有限的生命跟無限的時間之流造成強烈的對比，以時間消逝得「無聲也無形」緊扣住首段的「日子一去不復返」。

第三段化抽象為具體來描寫時光的「匆匆」——「太陽他有腳啊」，把太陽擬人化，於是在洗手、吃飯、沉默、睡眠，甚至惋惜日子飛逝的那一瞬間，仍匆匆的溜逝而去。這一段仍是直指日子一去不復返的「去」。

第四段承三段「我掩著面嘆息」而來，是痛惜之餘的反省和思索。文意非常刻露，但卻不傷全文的完美，實是作者功力火候所致。其中「過去的日子如輕煙，被微風吹散了，如薄霧，被初陽蒸融了，我留著些什麼痕跡呢？我何曾留著像游絲樣的痕跡呢？」跟二段「我的日子滴在時間的流裡，沒有聲音，也沒有影子」遙遙呼應。

疑問句是構成〈匆匆〉的主調，分佈在一、三、四、五段。其中第二段「我不知道他們給了我多少日子」仍是疑問口氣。這一連串逼人的問句造成全篇一致的風格，產生探索不得結果的遺憾，因此逼出四段最後的忿懣：「但不能平的，為什麼偏要白白走這一遭啊？」文章意思到此本可以結束了，但作者再加單句「你聰明的，告訴我，我們的日子為甚麼一去不復返呢？」成第五段的結尾。除了有前面所說的呼應效果外，且統一了全篇的問句形式。同時因再次的強調探索不得，而增加讀者對時光流逝的悲哀與無奈。此外，本文極富有節奏美，因了這段的往復重疊，在節奏上可收回應的效果。

〈春〉的結構也非常完整。全篇分十小段。其中一、二、三段分別寫春的降臨，是初春。其中第一段寫春至，二、三段寫春景，四、五、六段寫盛春，其中四段特別描繪盛春的風景，五段寫春風、春聲，六段寫春雨，七段寫春天中的人物。八、九、十段分別承續各段而總結全文。八段「春天像剛落地的娃娃，從頭到腳都是新的，它生長著。」承一、二段的「一切都像剛睡醒的樣子……」、「小草偷偷地從土裡鑽出來」以總結初春。九段「春天像小姑娘，花枝招展的，笑著，走著。」承第四段百花盛放，以總結盛春。十段「春天像健壯的青年，有鐵一般的胳膊和腰腳，他領著我們上前去。」承七段人們的精神煥發，用來鼓勵人們「一年之計在於春」。再從整體上看，前六段寫的都是春天帶來新鮮、生長、活潑、愉悅的氣氛，由此而引帶人們的精神為之抖擻，所以十段總結以希望、茁壯、奮進的鼓勵，全文脈絡井然。

〈背影〉的扣題也值得一談。全文有四次提到背影：第一次在首段，「我與父親不相見已二年餘了，我最不能忘記的是他的背影。」是點題，是回憶，是虛寫。第二次在第六段，寫父親費力攀爬月臺去買橘子的背影。第三次仍在第六段，寫安頓好兒子後，父親離開時的背影。這兩次連續出現，正是加強背影給兒子的刺激。都是兒子實際看見父親的背影，所以是實寫。第四次是在尾段，兒子接讀父親來信時，「在晶瑩的淚光中，又看見那肥胖的，青布棉袍黑布馬褂的背影。」回應首段，同是點題，又都是回憶，所以是虛寫。這四次扣題分別是虛、實、實、虛的寫法，嚴謹之中有變化。

〈荷塘月色〉的結構則是妍媸參半。全文共分八段。首段是因「這幾天心裡頗不寧靜」而步入月下荷塘邊，二段總寫荷塘環境，三段是概述抽象的心情，由白天的「不寧靜」解脫到現在的「什麼都可以想，什麼都可以不想」。其中「白天裡一定要做的事，一定要說的話，現在都可不理」是承首段「不寧靜」而來的。文前三小段只是帶入荷塘月色的鋪路之筆。在第三段末句：「我且受用這無邊的荷香月色好了。」很靈巧的把文章引入正題。

第四段描繪荷葉荷花：「分為兩層：先寫靜態，後寫動態；由靜而動，『微風過處』一句是關鍵。在第五段描繪月色，分為三層：先寫月光，次寫月影，最後寫光與影的和諧。在第六段描繪荷塘週圍，又分四層：先寫樹，次寫遠山，又次寫路燈，再次寫蟬聲與蛙聲。

層次分明。」（上引文取自《青年活頁文選》分析文字。）其中第四段明寫荷葉荷花，又暗寫塘水，頗見風致。

第七、八段是〈荷〉文最受疵議的地方。作者以「忽然想起采蓮的事情來了」破空而來，卻全無令人驚喜之處。這兩段的三百字用來討論六朝采蓮盛事，並引梁元帝〈采蓮賦〉及〈西洲曲〉的句子為證。七段與上文的承接處是「忽然想起——」，〈西洲曲〉的出場則是「於是又記起〈西洲曲〉裡的句子」，銜接都非常牽強。作者的用意，不外藉此二段說明「今晚若有采蓮人，這兒的蓮花也算得『過人頭』了」，以無采蓮人來陪襯「靜」，「過人頭」陪襯蓮葉出水很高。可惜效果很差，造成駢枝冗節。因此許多選文都把這兩段腰斬，就在這六段收束，那麼最後一句：「這時候最熱鬧的，要數樹上的蟬聲與水裡的蛙聲；但熱鬧是他們的，我什麼也沒有。」很有餘味。因為一路寫下來都是直接寫「靜」，最後突然出現蟬、蛙的聲音，以熱鬧來反襯寂靜，且戛然而止，結構完整，意味蘊藉。另有些選本將〈荷〉文首段刪除，認為一開始便進入景物描寫，能像電影介紹環境般，較能吸引人。但如此第三段便不能與開頭的「心裡不寧靜」呼應，而顯不出「荷香月色」的彌足珍貴了。

朱文也有瑜不掩瑕的結構，〈槳聲燈影裡的秦淮河〉、〈看花〉便是。以下僅抽樣討論〈槳〉文。

在槳聲與燈影的催化下，作者與俞平伯在充滿了歷史的憧憬中，共泛秦淮河，由首段末句：「我們開始領略那晃蕩著薔薇色的歷史的秦淮河的滋味了。」足見作者意識中的秦淮河是籠罩在「薔薇色」與「歷史」意義的。由此而引出第二段後半：

我們這時模模糊糊的談著明末的秦淮河的艷跡，如《桃花扇》及《板橋雜記》裡所載的。我們真神往了。我們彷彿親見那時華燈映水，畫舫凌波的光景了，於是我們的船便成了歷史的重載了。我們終於恍然秦淮河的船所以雅麗過於他處，而又有奇異的吸引力的，實在是許多歷史的影象使然了。

這一小段看似與前段末句呼應，但做得太刻露，秦淮河的船之勝於他處，作者在二段開首已做過比較，但字裡行間可隱隱透露出作者對秦淮河船的偏愛實起於歷史的影響。第三段開頭又說：

秦淮河的水是碧陰陰的；看起來厚而不膩，或者是六朝金粉所凝麼？我們初上船的時候，天色還未斷黑，那漾漾的柔波是這樣的恬靜、委婉，使我們一面有水闊天空之想，一面又憧憬著紙醉金迷之境了。

如此再三聲明，容易破壞含蓄之美，因此前例宜刪刈大部分，只點到「談《桃花扇》、《板橋雜記》的艷跡」為止。

作者對秦淮河的影像既來自歷史艷情故事，且使他「神往」不已，則後文引出一大串女性意象就非常自然，像第五段：

她（月亮）晚妝才罷，盈盈的上了柳梢頭……（垂楊樹）那柔細的枝條沿著月光，就像一支支美人的臂膊，交互的纏著……而月兒……大有姑娘怕羞的樣子。

下一段遇見船上歌妓，近乎強迫推銷點唱，但作者卻「受了道德律的壓迫，拒絕了她們」，且如是者再。

以上三方面很可以構成〈槳〉文的骨架：身在秦淮河上，受當地歷史艷跡的牽引，而心嚮往之，不覺將秦淮夜景幻化成女性意象；但當妓女迎面而來時，作者卻不能像《桃花扇》及《板橋雜記》中的名士才子般應付自如、風流瀟灑一番，這種衝突也是人性之常，作者很可以扣緊這三環而發揮。第七段還有更深一層的描寫：

我這時被四面的歌聲誘惑了，降服了；但是遠遠的，遠遠的歌聲總彷彿隔著重衣搔癢似的，越搔越搔不著癢處。我於是憧憬著貼耳的妙音了。在歌舫划來時，我的憧憬，變為盼望；我固執的盼望著，有如饑渴。雖然從淺薄的經驗裡，也能夠推知，那貼耳的歌聲，將剝去了一切美妙……

一波三折的心境，多麼迂迴婉轉，遠遠的歌聲，正像歷史故事的憧憬，眼前的歌妓，也唱不出貼耳的妙音，即令自己有勇氣點唱（何況無勇氣），又怎能望旗亭韻事之脊背？這在文尾形成擺盪作用，最足以摹狀患得患失之心境。

遺憾的是，作者並無意全心著力於此。拒絕點唱似乎使他更看清了自己，產生太多感想，便都直率的和盤托出，沒有經過選擇過濾，於是除了七百多字的拒絕點唱細節外，還又花了一千字詳細分析自「道德律的壓迫」之因果，破壞全文呈現的氣氛，變成說明文了。

第八段是尾音，原亦可造成餘波；又來兩隻歌舫，作者依然拒絕，但在回程時，從船邊駛過去的妓女歌聲：「餘音還嫋嫋的在我們耳際，使我們傾聽而嚮往。」最後「我們的夢醒了」「我們心裡充滿了幻滅的情思」是必然的。往往，歷史透過長時間的距離，總給人奇異雅麗的美感，而現實則常常是無情的板滯，本文正蘊含著今昔不能調配的無奈。可惜全文太喜用繁筆鋪陳，對不必要的細節既已浪費不少筆墨，在相關的節骨眼上，又說明過細，以致精光盡掩，頗為可惜。

三、氣氛烘托

氣氛的著意釀造，可以更逼真的烘托出情境；這必須在遣詞造句細微處用心。以朱文幾篇著重氣氛的散文而言：

〈荷塘月色〉對「靜」十分著意渲染；首段全從「不寧靜」下手：「這幾天心裡頗不寧靜」、「牆外馬路上孩子們的歡笑，已經聽不見了」、「妻在屋裡拍著閏兒，迷迷糊糊地哼著眠歌」，這些都被「帶上門」而關在「靜」之外。第六段尾句：「這時候最熱鬧的，要數樹上的蟬聲與水裡的蛙聲。」本來蟬、蛙聲應該一直在響著，但作者為了釀造一場寂靜的氣氛，把這鬧聲隔離開來，同時加上按語：「但熱鬧是他們的，我什麼也沒有。」仍是用鬧來強調靜。

再看文中強調寂寞的字眼：沿著荷塘是「一」條曲折的「小」煤屑路。這路「白天也少人走」，路上「只我一個人」。雖然是滿月，天上卻有一層淡淡的雲，所以「不能朗照」，落下參差的「黑影」。樹縫裡漏著「一兩點」路燈光等等，這些都形成寂寞的主幹。至於形容詞，更發揮了烘托的功效：「悄悄地」披了衣衫，「曲折的」、「幽僻的」路，夜晚更加「寂寞」。樹「蓊蓊鬱鬱的」、路上「陰森森的」。月光「靜靜地」瀉在葉子和花上，一層「淡淡的」雲。樹邊一例是「陰陰的」，樹梢上「隱隱約約的」是一帶遠山，一兩點路燈光「沒精打彩的，是渴睡人的眼」，這些字眼在意義上都能陪襯寂靜；在聲音上，都屬啞聲字，不會造成音調的高昂。唯第五段寫月光透過叢生的灌木，落下參差斑駁的黑影，「峭楞楞」如鬼一般。「峭楞楞」三字聲險韻窄，與鬼影聯想，相當絕妙。

〈背影〉與〈兒女〉釀造的氣氛比較悲涼，不再細舉。不過仍值得一提的是，這兩篇文章雖然籠罩在悲涼的氣氛中，卻仍能顯出「生機」，不致過分消沉。曾有人對〈背影〉用顏色字做過統計：黑色出現最多，共三次，青色兩次，紫、朱紅色各一次。黑色、青色都是「冷色」，與全文奔喪、失業、別離的慘澹氣氛很調和。紫和朱紅都是暖色，父親給兒子做的紫毛大衣及為兒子買的朱紅橘子正代表溫暖的父愛，天倫之情經過冷灰的氣氛透露出來，更覺顯眼。同樣，〈兒女〉一文充滿了為子女所累的苦楚，竟然「有時覺著還是自殺的好」，但在第四段，仍用九百字來描繪子女可愛的一面，緩和全文無奈的氣氛。

氣氛的釀造，要視文章內容的性質而定，像〈匆匆〉之輕靈而傷感，〈春〉之活潑而亢進，都能使讀者不知不覺間融入文章內。

四、複製感官印象

作品的目的在引起讀者的共鳴；直接或間接刺激讀者的感覺器官，也是引發共鳴的方法之一。形相的描繪，大率提供視覺的畫面；聲音的倣擬，可提供聽覺的感受；將色香味融入文字中，可分別給人視覺、味覺、觸覺的感受，使人不僅「如在目前」且能「感同身受」。

更有甚者，故意將接納感官交綜運用，使本該訴諸視覺的印象，由聽覺去接受，產生「著色的聽覺」；本該訴諸味覺的印象，由觸覺去接受，產生「帶味的觸覺」，複製兩種感官印象，可以產生豐富的感覺性。朱文中不乏此例：

……窗格雕鏤頗細，使人起柔膩之感。（〈槳〉文）

……終於使我們認識綠如茵陳酒的秦淮水了。（〈槳〉文）

微風過處，送來縷縷清香，彷彿遠處高樓上渺茫的歌聲似的。（〈荷塘月色〉）

但光與影有著和諧的旋律，如梵婀玲上奏著的名曲。（〈荷塘月色〉）

首段「雕鏤頗細」本訴諸視覺，但卻予觸覺以「柔膩」之感，更見細緻。二例由「織綠茵」視覺印象，譬喻成陳酒，兼攝味、嗅覺。後二例，一寫荷香，一寫月色。縷縷荷香明明是訴諸嗅覺的，卻變成聽覺受用的歌聲。至於月亮的光與影分佈之不均勻，卻能有和諧的旋律，由「旋律」為關鍵轉成「梵婀玲」的名曲，由視覺帶至聽覺。善於複製感官印象的作家，平時感受外物時必然也喜歡用各種感官一起接受。朱自清便是這種人。當他見「大理石柱，大理石欄杆」時，便有「白、滑、冷」的感覺（〈松堂遊記〉），由「那些松樹靈秀的姿態，潔白的皮膚，隱隱的一絲兒涼意便襲上心頭」（〈松堂遊記〉）。最奇特的還是〈歌聲〉一文，把三曲清歌幻化成良辰美景，已不僅僅只複製兩種感官印象。

〈歌聲〉全文分五段，首尾兩段是說明文字，中間三段便賦歌聲以具體形象，讀者要一如作者：「我用耳，也用眼、鼻、舌、身，聽著；也用心唱著」。

「彷彿一箇暮春的早晨」是歌聲給人具體化的總印象。「霏霏的毛雨默然灑在我臉上，引起潤澤、輕鬆的感覺。」「新鮮的微風吹動我的衣袂，像愛人的鼻息吹著我的手一樣。」是訴諸觸覺的。「我立的一條白礬石的甬道上，經了那細雨，正如塗了一層薄薄的乳油；踏著祇覺越發滑膩可愛了。」是視覺與觸覺的圓融並舉。「她們的甜軟的光澤便自煥發了」更是味、觸、視覺的複製。尤有甚者，像：

涓涓的東風祇吹來一縷縷餓了似的花香；夾帶著些潮濕的草叢的氣息和泥土的滋味。

「涓涓」本指水流小的樣子。此處用來形容風小，卻兼具有形容水時的聲音美。花香夾著潮濕的草叢氣息跟泥土味，不但有嗅覺、味覺，還有觸覺感受。又著一「餓」字更形象化，使花香由嗅覺又復有視覺美，這一句實具有飽滿的感覺性。

三首清歌的主題必是：「愁著芳春的銷歇，感著芳春的困倦」，於是作者彷彿能看到雨中的群花「在有日光時所深藏著的恬靜的紅，冷落的紫，和苦笑的白與綠」，又是富於感覺性的句子。職是之故，〈歌聲〉具有那麼豐富而交綜的感覺性，使讀者陶醉於文章中，正如作者曾陶醉於歌聲中一般：「此後只由歌獨自唱著，聽著，世界上便祇有歌聲了。」

五、塑造女性意象

以女性意象來表呈陰柔美，是文學家慣用的手法。朱自清之塑造女性意象，本不足為奇。但朱文不憚其煩，描景寫情，特別容易浮現，已近乎「套板反應」，成為他散文的一大特色，不能不注意。

從朱氏〈兒女〉一文中，知道他十九歲便結婚，且不是自由戀愛，「家裡已是不由分說給娶了媳婦，又有什麼可說？」頗多無奈，而二十一歲便生了阿九，二十三歲生阿菜，之後陸續排班而來，寫〈兒女〉一文時已有五個兒女。從朱氏散文中，不曾見他在婚前婚後跟女人戀愛過。尤其婚後，似乎還來不及跟乃妻培養愛情，就先落入了「貧賤夫妻百事哀」而「只為家貧成聚散」的境況了。儘管如此，現實生活並無損於朱氏對女性傾向的態度。〈女人〉一文雖然朱氏強調是「白水」發言，朱氏筆記而已。但字裡行間，可見出朱氏是相當認同「白水」的。〈女人〉中特別推崇「藝術的女人」，「所謂藝術的女人，有三種意思：是女人中最為藝術的，是女人的藝術的一面，是我們以藝術的眼去看女人。」從朱氏記敘妻子的文章如〈給亡婦〉、〈別〉、〈兒女〉來看，其妻武氏並非女人中最為藝術的，同時朱氏也未嘗以藝術的眼光去看妻子藝術的一面。從〈槳〉文中看朱氏面對妻子以外的真實女人時的跼促窘迫，不難想像朱氏缺少接觸一般女人的機會，但他仍傾向於女性意象，這除了時尚的影響外，書本給予他的傳統觀念不無影響。中國傳統的文人，風流倜儻者，無一不能入乎女人之內而出乎女人之外。他們對藝術的女人，極盡其欣賞玩索之能事。朱氏在〈槳〉文中所艷羨的《桃花扇》、《板橋雜記》，只是其中千萬分之一二而已。中國文人筆下的女性意象更佔了文學作品的大半篇幅，一個陰柔性向的作家，讀古人書，想像其為人走筆，豈能無動於衷？只是朱氏本身生活體驗既不足（其實，他如能從藝術的角度去看他妻子藝術的一面，不無補救），又喜歡落入女性意象的憧憬中，因此常常表達得不得力。

朱氏最習慣從月亮、花、樹（枝、葉）、水等產生女性意象。且多以譬喻格浮現，手法平凡而板滯，無足多者。唯在〈綠〉、〈槳〉文、〈阿河〉三文中的女性意象特別值得翫索。〈綠〉把梅雨潭的水幻化成女性，而「追捉她那離合的神光」，最直接的描寫是：

> 我想張開兩臂抱住她；但這是怎樣一個妄想呀。
>
> 她鬆鬆的皺纈著，像少婦拖著的裙幅；她輕輕的擺弄著，像跳動的初戀的處女的心；她滑滑的明亮著，像塗了「明油」一般……令人想著所曾觸過的最嫩的皮膚……
>
> 我用手拍著你，撫摩著你，如同一個十二三歲的小姑娘。我又掬你入口，便是吻著你了。
>
> 我送你一個名字，我從此叫你「女兒綠」，好麼？

過分將綠女性化，似乎有點往而不返了。另外，在第一段寫瀑布撞擊在仙岩稜角上而飛花碎玉般亂濺著。遠望猶如朵朵小白梅，這也正是梅雨潭命名的由來。但作者的感覺硬是與常人不同：

> 但我覺得像楊花，格外確切些，輕風起來時，點點隨風飄散，那更是楊花了。——這時偶然有幾點送入我們溫暖的懷裡，便倏的鑽了進去，再也尋牠不著。

梅花給人的印象是純潔高貴，而楊花則一向用來形容浪蕩的女人，才能向人「投懷送抱」，朱氏的女性聯想往往達到得魚忘筌的境界。在〈看花〉中也有旁證：

梔子花不是什麼高品，但我喜歡那白而暈黃的顏色和那肥肥的個兒，正和那些賣花的姑娘有著相似的韻味……我這樣便愛起花來了。也許有人會問「你愛的不是花罷？」這個我自己其實也已不大弄得清楚……

這一段好一個醉翁之意的問詢，及作者老實的自白。回頭再看〈槳〉文。作者對自己拒絕歌妓的一番心理剖析。顯然作者對女性的欣賞是要站在相當距離之外的，「短兵相接」只會使他手足無措。但止於袖手旁觀，而衷心嚮往，無補於對女人的了解，因此朱氏大部分的女性意象不算成功，唯〈阿河〉一文將憧憬中的女性意象與血肉真實的「阿河」融合起來，極具特色。

〈阿河〉結構完密，故事性也很濃，接近小說。「阿河」只是作者客居友人別墅中的一名女佣。因為主人女兒的調教，使她由蓬頭垢面一下子出落得「如正開的桃李花」。對作者言「幾乎是一個奇蹟」。由無視於她的存在變成「我現在是常站在窗前看她了」且極想找機會與她交談。但在阿河向他詢問鉛筆鏃的那一剎那，有極好的機會可以接近她、與她交談，作者卻言語結巴，行動退避，自然是一無進展。自此，作者的眼睛天天偷偷地追隨著阿河的影子，對她觀察甚是仔細：

她的腰真太軟了，用白水的話說，真是軟到使我如吃蘇州的牛皮糖一樣。……我的日記裡說得好：「她有一套和雲霞比美，水月爭靈的曲線，織成大大的一張迷惑的網！」……她兩頰是白中透著微紅，潤澤如玉。她的皮膚，嫩得可以掐出水來；我的日記裡說，「我很想去掐她一下呀！」她的眼像一雙小燕子……她的笑最使我記住，像一朵花漂浮在我的腦海裡……她的髮不甚厚，但黑而有光，柔軟而滑，如純絲一般。只可惜我不曾聞著一些兒香。唉！從前我在窗前看她好多次，所得的真太少了；若不是昨晚一見——雖只幾分鐘——我真太對不起這樣一個人兒了。

這樣執著的眷戀，很難逃「意淫」的聯想，但這篇文章的成功在於毫不淫穢。

在作者結束假期臨走的前幾天，阿河的丈夫跑來要人，女主人怕惹事，偷偷把她送走了。作者曉得這事時：「我應了一聲，一句話也沒有說。正如每日有三頓飽飯吃的人，忽然絕了糧；卻又不能告訴一個人！」且因此而失眠而心灰意懶，在作別主人夫婦時：「我很想回望廚房幾眼；但許多人都站在門口送我，我怎好回頭呢？」

故事到此結束，也能成章，且有餘味。不過作者仍然寫下去。到了春假，他再到別墅作客：「我卻只惦記著阿河」，最後打聽出她已離婚，且另找了丈夫，穿起裙子，做起老板娘了。這煞風景的結局頓使作者對阿河所持微妙的希望幻滅。第二天便託故離開那別墅：「我不願再見那湖光山色，更不願再見那間小小的廚房！」後加的尾巴並非蛇足，它使全篇結構更完整，更教人迴腸蕩氣。這篇文章最成功的便是和盤托出作者錯綜複雜的微妙心理，的確是彩筆難傳！仔細推究一下，〈阿河〉的成功，作者跟阿河一直保持著若即若離，不遠不近恰到好處的距離，該是最大的因素吧。

朱氏意象之極為閨閣化，使他散文的風格偏向陰柔，文筆細膩，有時不免繁文縟筆，傷感濫情，動輒落淚更成為他濫情的口實。例如〈背影〉中落淚四次，〈兒女〉兩次，〈別〉兩次。朱氏本人也許屬於多愁善感型人物，自然流露在文字中，可惜手法不夠節制。

就創作而言，任何時代的作者都要站在自己的時代來創作，做擬前人作品只是練習時的跳板，如終身守之不二，則只能做藝術的複製品而已。以朱自清當時的白話散文作家而言，既無古人作品可資效顰，後面又必有可畏的後浪洶湧而來，開山者難為功，遵途者易致效是必然的。但後出轉精的往往只是技巧，文學史上恆輪迴著這樣的事實：早期作品往往味道醇厚，質勝於文，後出者技巧精進，但最易捨本逐末，弄得文勝於質。目前我們的散文界已不乏專力雕琢辭藻的好手，沉醉在買櫝的情境中，是以回頭閱讀朱自清作品，也不禁會有「腴厚從平淡出來」（楊振聲評朱自清文語）的感覺。

（六十七年四月《出版與研究》）

從朱自清的〈匆匆〉談散文的節奏美

節奏本來是自然現象中恆存的一個基本原則：自然現象不可能完全相同，也不可能完全相異。同與異往往相承續或相錯綜、或相交替、或相呼應。這種參差的搭配便產生了節奏。和諧的節奏往往使人產生美感，所以藝術家時常利用和諧的聲音來表現音樂的節奏，利用和諧的畫面表現繪圖的節奏，利用和諧的動作表現舞蹈的節奏，利用和諧的字句表現文學的節奏。再以文學作品而言，最能表現節奏美的是詩及韻文，這是因為它們常與音樂合一，可以同時保有視覺與聽覺的節奏美。往往文字藉著聲音的節奏，可以不必經過理智思考，便能如響斯應的先打動人的情感，如再付諸豐富的內容，便能十足抓住讀者的心情。因此廣為利用節奏的效果，實是文學創作者所不應忽視的一環。

散文之成為平面的造形藝術，一般人注意它形式的節奏者多，而訴諸聲音的節奏者少。事實上，散文是可以同時利用文字的形與聲，製造抗墜抑揚的節奏，產生瀏亮自然的音節，使讀者環誦再三，玩索不厭的。朱自清的〈匆匆〉便是一篇富有節奏美的散文。以下試就此文分析構成散文節奏美的要素。

一、重複或排比的句子

在一系列句型不一樣的句子中插入重複或排列相似的句子，可以在「異」中求「同」的節奏，不僅訴諸視覺（句型相近）也同時訴諸聽覺（音節重複）。在意義上，因為重複，又可反覆強調連續多數的文意。

句子的重複包括修辭學上類疊中的類字、疊句及類句。類字是字詞隔離的類疊，如〈匆匆〉中屢用類字：「燕子去了，有再來的時候，楊柳枯了，有再青的時候」，「去的儘管去了，來的儘管來著」。疊句是語句連接的類疊，如「我留著些什麼痕跡呢？我何曾留著像游絲樣的痕跡呢？」類句是語句隔離的類疊，如「你聰明的，告訴我，我們的日子為什麼一去不復返呢？」分別在〈匆匆〉的首段與尾段出現，效果非常好，不僅在聲音、意義上重複而有節奏感，且將整篇文章首尾綰合起來，結構完整。在節奏上，它有兩樣統一；一是句型的重複統一，一是問句的首尾統一。

在逃去如飛的日子裡，在千門萬戶的世界裡的我，能做些什麼呢？祇有徘徊罷了，祇有匆匆罷了；在八千多日的匆匆裡，除徘徊外，又賸些什麼呢？

這一句參差利用類句、類字及疊字。其中「匆匆」頂上句下半而重複，「徘徊」遙承上句前半而重複，變化的承接重複，使節奏搖曳生姿。

排比是利用相似結構的句子，接連地表現同一範圍同性質卻不完全相等的意象。前面談到句子的重複可以造成聲音的同一、反覆，便容易造成充沛的氣勢；而句子的排比又可以造成各種旋律。如果句子在類疊之下又排比起來，便可兼收二者之長。〈匆匆〉便大量的採用類疊兼排比、類字兼排比。如：

我不禁汗涔涔而淚潸潸了。

是疊字兼排比。又如：

燕子去了，有再來的時候；楊柳枯了，有再青的時候；桃花謝了，有再開的時候。

過去的日子，如輕煙，被微風吹散了；如薄霧，被初陽蒸融了……

便是類字兼排比。

基於重複的原則，一連串語氣相同的句子，如感歎或疑問句也能造成特別的效果。如〈匆匆〉首段：

但是聰明的，你告訴我，我們的日子為什麼一去不復返呢？——是有人偷了他們吧？那是誰？又藏在何處呢？是他們自己逃去了吧？現在又到了那裡呢？

句型長短雖然不一樣，卻因一連串逼人的問句，使得氣勢逕切。

二、句型長短的搭配

等長句子的排比固然可以造成氣勢；利用句型長短的搭配，也能製造不同的節奏。一般而言，連續的短句易形成短音促節，可以表現出聲情的激越；相連的長句易造成弛緩的音節，可以表現舒展的情感。字句由短而漸長，可表達漸重的感慨或情思，如在一連串長句之後再用短句促收，戛然而止，常可收餘韻無窮的效果。此外，長短句的錯落排比，也可以變化，如以短句累疊成一長句，變成單行句中包含偶句，這可以利用標點符號將長句斷成短句，如「過去的日子，如輕煙，被微風吹散了」便是為了節奏而斷成短句的。總之，長短句的匹配，變化多端，唯視作者巧用心機。它的目的，不外想造成筆勢的頓挫跌宕——或造成移山倒海般的雄偉氣勢，或醞釀春蠶吐絲般綿延不絕的情意，或製造「十五女兒腰」般搖曳生姿的美感。端看全文所要表現的內容而定。

〈匆匆〉極善於運用參差的長短句來製造節奏，如：

燕子去了，有再來的時候；
楊柳枯了，有再青的時候；
桃花謝了，有再開的時候。

但是，聰明的，你告訴我，我們的日子為什麼一去不復返呢？

前三句應是三長句，但每句都用逗號斷開，讀來便成六個短句，顯得節奏輕快，用在〈匆匆〉的開頭，就像時間匆匆在跑般。接下第四句明明是一長句，但作者偏用逗號斷成二字、三字、四字、十四字等由短而長的小句，造成一洩而下的語勢，由急促而傷感的意味是十足的。

把類字鑲嵌入排比的句型中，又適度調節長短的句型，運用得最靈活的還是下面一段：

於是——洗手的時候，日子從水盆裡過去；
　吃飯的時候，日子從飯碗裡過去；
　默默時，便從凝然的雙眼前過去。
我覺察他去的匆匆了，
　伸出手遮挽時，他又從遮挽著的手邊過去。
天黑時我躺在床上，他便伶伶俐俐地從我身上跨過，
　從我腳邊飛去了。
等我睜開眼和太陽再見，這算又溜走了一日。
我掩著面嘆息，但是，
　新來的日子的影兒，又開始在嘆息裡閃過了。

造成節奏的因素本是在相當的距離上能有規則的重複，但過多的重複會失之呆板，所以在重複的表現中又要求有變化。這是節奏變化的原則。上文便極能靈活變化。從「於是」以下開始「洗手、吃飯、默默」等三句是排比兼類字，可以說是三而一的句型，這是有規則的重複，下面一句奇零的凸出「我覺察他去的匆匆了」可以在中間提頓，以免下面「伸出手——」與前三行造成單調的「四重奏」。下面「天黑時我」也凸出四字，但跟上一句造形相近，可以匹配。到了「我躺在床上——」便又與前四句重複，但重複的同時，再加一個尾巴「從我腳邊飛去了」仍有變化。至此為止，句型雖略有改變，但主幹不變。一直到下一句「等我睜開眼——」句型才大改。接下「我掩著面——」也是獨立的姿態。前數句對等的句子可以說是以「偶」的姿態出現，最後兩句則是「奇筆」。

一般而言，情緒平穩時，句子不妨排比成偶式的隊形，可以表現抑揚相稱的節奏；如情緒激動，極悲傷或太快樂時，便要破壞平衡了的節奏，所以要打散排列的句子。從上段文意來看，「洗手、吃飯、默默」時正在觀察時光的匆匆，情緒平穩，所以用三行平等的句型。等到發覺時光不留情時，「伸手去挽」而挽不住，連睡眠時也不停留時，一陣對時光的無奈而「掩面嘆息」，這後面的句式便破壞了前三句的平衡，且後兩句破壞得最徹底。從文意上看，以上諸句都在「具體」的寫時光之匆匆，但句型卻變化如此，最後一句實已對無情時光樹了降旗，最是悲哀。

三、利用字音的效果

聲音直接影響情緒，早為心理學家所肯定；高而促的音容易引起筋肉及相關器官的緊張激昂，低而緩的音容易引起它們的弛懈安適，都可帶動情緒。此外，聯想也有影響；響亮清脆的音易使人聯想起快樂的情緒，重濁陰暗的音易使人聯想到憂鬱的情緒。如將諸音配合，或連續或相承，或對比或反襯，便產生感人的節奏。散文本是平面的文字藝術，要產生像音樂般的效果，便不得不向字音上用心。何況中國諧聲字特多，且往往同音之字意義相近，最便利製造音義諧調的句子。因此，利用字音的抑揚高下來製造節奏，決非難事。

㈠疊字或複字可助長音節

相同的字、詞重疊出現是疊字。它不僅在聲音上重讀一遍，有重疊多數的意象，在意義上，重疊的字或表數量之多、或表時間之長、或表動作之延緩，無不有加重原來字義的作用在。試看〈匆匆〉：

「匆匆」二字意指促快。因重疊的關係，唸起來也是短而快。「匆匆」二字在文中凡四度出現，並未給人累贅之感。又如「汗涔涔」、「淚潸潸」連續疊字且以三字為一音節，短促而有焦慮之感。如用「頭冒冷汗而淚流不止」便失去原來文短而意深的韻味，同時也失去輕快的節奏。其他疊字如「漸漸、默默、斜斜、輕輕悄悄、茫茫、伶伶俐俐、赤裸裸、白白」等等，間隔出現，都有助於全文輕快的節奏。不再細說。

複字是句中字眼間隔著出現。如成語中「比上不足，比下有餘」，「比」字重複，可以用來調和音節。〈匆匆〉中如：

……八千多日子已經從手中溜去，像針尖上一滴水滴在大海裡，我的日子滴在時間的流裡，……

句中「千」字聲音尖銳，是用來強調數目之多。下面三用「滴」字，為齒音字，有細小之意；重複的「滴」有不停的連綿之感，跟「千」字造成和聲。

(二)雙聲疊韻或同音字、音近字可助長音節

雙聲疊韻是中國文字獨有的特色。雙聲是指兩字的聲母相同，疊韻是指兩字的韻母相同。如「伶俐」是雙聲，「徘徊」是疊韻，全然是聲音的作用。一般而言，雙聲字給人以和諧快速的感覺，疊韻字則予人優美而和緩的感覺。此外，它往往還可以調和口舌發音的便利，使音節更鮮明易讀。所以成語中極多雙聲疊韻以便記憶。如「以逸待勞」，以逸是雙聲，「告老還鄉」，告老是疊韻。至於像「伶仃孤苦」「光怪陸離」更是雙聲疊韻相接續。又如

「昏天黑地」「翻雲覆雨」是隔字雙聲或疊韻，都是為了聲音的協調。至於同音字或音近字也是使聲音重複，與前舉複字效用一樣，可以造成和聲。一般而言，同音字或音近字的距離短，節奏就密，距離長，節奏就疏。同音字密集，最易收急促的效果，如〈匆匆〉中的「輕輕悄悄、伶伶俐俐」便是兼攝同音又雙聲的字，造成與「輕悄伶俐」文意雙縮的節奏。

前所舉「八千多日子已經從我手中溜去——」句除了「滴」字的再三重複外，也利用了音近字來作陪襯；如「針、尖、滴」等齒音字發音部位相同，都有細碎的意義，那是因齒音字本身聲音尖細而引發的聯想。所以能造成和聲的作用，助長音節的急促。總之，音節的技巧就在選擇富於暗示性與象徵性的調質，配合文意製造節奏。

〈匆匆〉在節奏上還有一個特色，便是喜在句尾用輕聲字，如「了、的、呢、罷、子、著、兒」等字。輕聲字唸起輕而快，實大有助益全篇輕快的節奏。作者常有意把輕聲字挪至小句尾巴，或故意在輕聲字下以逗號斷開。如第一段連用三個「了」字及一串問句語尾助詞「呢、吧」。又如：

但是，聰明的，你告訴我，我們的日子為什麼一去不復返呢？

句型明明應該是：

但是，聰明的你，告訴我，我們的日子為什麼一去不復返呢？

此處逗號不在「你」下斷開卻擺在「的」下，便是利用輕聲「的」字做句尾的調節。

〈匆匆〉全文所表現的是對生命流逝不返的戀情和悲哀。因此全文節奏雖然輕快，但情緒卻低沉。因此一些表情達意的字眼大率用平聲或上聲字。如首段的「來、青、開、聰明、我、偷、誰、藏、逃」等字眼。如果著意的字眼是去聲，則下面立刻接著輕聲字做尾音，使聲調由重抑而快揚，產生輕揚哀怨的感覺。如「燕子去了、桃花謝了、我們的日子、伶伶俐俐地」等句中「去、謝、日、俐」等去聲字後皆連輕聲字音。聲調與節奏密切的配合，文章的氣氛才能感人。前所舉句型的長短疾徐疏密多寡，聲音的高低長短複疊抑揚，都必須妥善配合情感的變化起伏，利用節奏使情感凸出於文字之外，它往往「無一定之律而有一定之妙」。

造成散文節奏的因素實不止於這些，其他修辭練句方法如頂真、回文、跳脫、起承、轉折、伏筆等等都值得擷取，本文僅就〈匆匆〉中所具備者立論，以供讀者隅反。

（六十七年二月十八、十九日《中華副刊》）

從余光中的散文理論看其作品

現代散文一直缺少理論家的關心，從五四到現在，尚不見一本體系完整、理論堅實，能指引散文作者、讀者的論著。而散文如果要在文學領域中佔一席之地，它必然要具備屬於自己的藝術條件。作為一個現代人，要努力寫怎樣的現代散文，似乎只有余光中提出若干具體而微的理論，及為數不多的創作。

余先生的散文理論在《左手的繆思》、《逍遙遊》的後記，及〈我們需要幾本書〉（《焚鶴人》）中提出部分看法。在〈剪掉散文的辮子〉（《逍遙遊》）一文中則比較具體的提出三點：現代散文要講究彈性、密度與質料。

所謂「彈性」，是指這種散文對於各種文體各種語氣能夠兼容並包融和無間的高度適應能力。文體和語氣愈變化多姿，散文的彈性當然愈大；彈性愈大，則發展的可能性愈大，不致於迅趨僵化。

因此，它是以「現代人的口語為節奏的基礎」，在情境所需時，也不妨用一些歐化或文言文的句子，以及適時而出的方言或俚語。

主張文句適度的歐化，余先生並非第一人。朱光潛、郭紹虞都曾提出過。他們認為西文中緊湊的有機組織和伸縮自如的節奏是特別值得效法的。朱先生並指出插句習慣及更活潑的倒裝句法可使中國文字更鮮活。隨手拈來余先生一句歐化句子，看它活潑的句型與特意的倒裝：

因為雨是最最原始的敲打樂從記憶的彼端敲起。瓦是最最低沉的樂器灰濛濛的溫柔覆蓋著聽雨的人，瓦是音樂的雨傘撐起。（〈聽聽那冷雨〉）

從上例可看出，中文既可吸收西文中緊湊的有機結構，又能保有中文原有的機動性。不完全的句子橫插進去不但沒有不銜接之感，反而顯得錯落有致。

生活在現代的人是幸福的，他可以一隻手伸向西方去擷取外人的精華，又可以另一隻手探向中國古典文學裡吸收自己傳統的精髓。就余先生使用文言句法而言：

……微薔薇，猛虎變成了菲力斯坦；微猛虎，薔薇變成了懦夫。（〈猛虎與薔薇〉）

何必白吾白以及人之白，文吾文以及人之文哉！（〈鳳、鴉、鶉〉）

以上兩句都是倣擬前人句子，前句倣《論語》：「微管仲，吾其披髮左衽矣。」後句倣《孟子》：「老吾老以及人之老，幼吾幼以及人之幼。」文白的適當交雜，的確會使文句顯得多彩多姿。余先生的確運用得得心應手，隨手拈來像「你喝你的白開水，我喝我的伏特加，任渠自飲雞尾酒。」（〈鳳、鴉、鶉〉）「……為了二十年的身之所衣，頂之所蔽，足之所履。」（〈蒲公英的歲月〉）「而俯仰於其中，而傷風於其中，而患得患失於其中。」（〈咦呵西部〉）等都具有創意的美感。

穿插典故也是余先生慣用的手法：

……五月花之前哥倫布船長之前早就是這樣子。（〈咦呵西部〉）

只是杏花春雨已不在，牧童遙指已不再，劍門細雨渭城輕塵也都已不再。然則他日思夜夢的那片土地，究竟在哪裡呢？

饒你多少豪情俠氣，怕也經不起三番五次的風吹雨打。一打少年聽雨，紅燭昏沉。兩打中年聽雨，客舟中，江闊雲低。三打白頭聽雨在僧廬下，這便是亡宋之痛，一顆敏感心靈的一生：樓上，江上，廟裡，用冷冷的雨珠子串成。（〈聽聽那冷雨〉）

前所舉〈猛虎與薔薇〉便是用西人的象徵意義，此處則利用哥倫布典故以表時間。後兩句則是連綴中國典故而成：杜牧〈清明〉詩、陸游〈劍門道中遇微雨〉、王維〈渭城曲〉及蔣捷〈虞美人〉詞而成。將典故化入句子裡，典麗中帶著惆悵。

風為它沐浴，落日為它紋身。五月花之前哥倫布船長之前早就是這個樣子。大智若愚的樣子，絕無表情的荒砂臺地，兼盲兼聾兼會裝死，什麼也看不見聽不見而且一躺下去就我操他表妹好幾百哩再也別想他爬起來了。說他不毛，他忽然就毛幾叢給你看看。紫蕊滿地爬

的魔鬼指。長頸長莖的龍舌蘭……（〈咦呵西部〉）

這一段又何其粗獷得不避俚語粗話。作者甚且將較典雅的「不毛之地」寫成粗俗的「不毛」，再加上「裝死」等等字眼，與前例風格大相逕庭。仔細看看仍帶著原始氣息的美國西部，的確是需要特粗線條來勾勒的！我們可以這樣下結論：凡是融合了文言、歐化、方言或俚語的句子，必定要是情境所需，而自然湧現，才能妙合天契，使讀者拊掌稱快。

在「彈性」條下，余先生偏重強調現代散文的語彙必須豐富，如前所舉，余先生的確是身體力行。不過對「文體」的理論，卻缺少解釋舉證。從《焚鶴人》後記中似略可補充：

我的散文，往往是詩的延長；我的論文也往往抒情而多意象。其餘三篇，散文不像散文，小說不像小說，身份非常可疑。顏元叔先生認為〈伐桂的前夕〉兩皆不類，甚以為病。其實，不少交配的水菓，未見得就不可口吧……任何文體，皆因新作品的不斷出現和新手法的不斷試驗，而不斷修正其定義，初無一成不變的條文可循。與其要我寫得像散文或是像小說，還不如讓我寫得像——自己。

從這些理論看來，余先生是認為文體的彈性，也可以伸縮自如，只要意有所至，筆勢所趨，則不惜打破文體本身的藩籬。以余先生的散文而言，許多抒情寫意的文字中，突然滲入寫實報導的文字，便不無破壞原有的氣氛與節奏。像〈落楓城〉的第三段開始及〈南半球的冬天〉中寫作者住在澳洲國立大學招待所的一段等，便都從寫意一下子躍入平板的寫實，破壞了原來醞釀的氣氛。至於〈丹佛城〉第六段，則寫實，寫意又加論說，便更形駁雜了。究其因，便是文體劃分不嚴而有的毛病。

一般而言，各種文體，因使用的對象不同，表達的內涵不一，所以出現的型態也相異。同一時代便有不同的文體存在。這些文體本身又是不斷因襲前代，又不斷改變前代的。而不論如何，文體在形成後，往往要經過登峰造極的階段，才會窮而蛻變出另一新面貌。三百篇之所以誕降而為楚辭，楚辭之所以降而為詩。都是天然與人為通力合作的結果，而目前我們的現代散文似乎尚未達到爐火純青的階段。此刻就要把它與小說熔為一爐而冶之，造就另一新形式，似乎躁進了些。

話說回來，現代散文有它極廣大的發展餘地，所以在技巧上，它可以斟酌吸收其他文體的長處：如小說的結構，戲劇的對話，詩的節奏，甚至音樂的旋律，繪畫的色彩等等，可以豐富散文的內涵。

除了以上兩項外，個人覺得現代散文講究彈性，則它內容與技巧的「歧義性」為余先生所未言及，似亦不容忽略。一篇完美的藝術品，就像一個多稜角的水晶球，從任何一個角度，都能發現不同的光芒。新舊詩之含有豐富的歧義性已不待言，小說也如此，朱西甯的〈狼〉，余先生的〈食花的怪客〉便具有多面值得探討的地方。散文又何獨不然呢？

所謂「密度」，是指這種散文在一定的篇幅中（或一定的字數內）滿足讀者對於美感要求的份量；份量愈重，當然密度愈大。

余先生只做了籠統的解釋，下文也未舉例詳細說明。個人覺得，要增高散文的密度，文字的稠密，意象的繁複及結構、運筆的變化似不容忽略。

文字的稠密度，是要使全篇文無廢句，句無廢字，每個字都能發揮它的作用，達到字字珠璣的地步。文字之講究稠密，並非指散文只求簡潔，事實上也有以繁為貴的，總要配合情境所需：繁而不厭其多，簡而不遺其意。這論調似乎只是老生常談，卻能行諸百世而不謬。

舊詩中有「活字點眼」的手法，「春風又綠江南岸」，只一綠字，點活全首詩。散文中也可錘鍊這種活字。余先生的散文中已不乏其例；如〈地圖〉中的「嘸過多少州多少郡的空寂」，「他闖過費城……切過蒙特利奧……」等不贅舉。用這種字眼來點綴關鍵，也可增加文字的稠密度。

意象的繁複，並非指意象的隨意堆疊；散文中必然要塑造意象。有細小的意象，也有雄偉的意象，但不以巨細而別優劣。如「玉米株上稻莖上甘蔗稈上纍纍懸結的無非是豐年」（〈蒲公英的歲月〉）氣派較小。而「一過大雅臺，山那邊的世界倏地向我撲來」（〈塔阿爾湖〉），形象加動作及速度，造成雄豪的意象。其靈感不知是否得自李白「山從人面起」，或杜甫「群山萬壑赴荊門」？又單一的意象效果不如複疊的意象，如：「人賴在第九張床上。在想，新婚的那張，在一種夢谷，一種愛情盆地。日暖。春田。玉也生煙。而鐘聲仍不止。人仍在，第九張床。」（〈九張床〉）這裡，從現實「第九張床」想像到新婚的床是「夢谷」、「愛情盆地」，加上李商隱的「藍田日暖玉生煙」豐富而迷離的意象，最後利用現實的「鐘聲」（前文已有伏筆）拉回到第九張床。其意象之繁複，足以引發讀者廣邈的想像。此外，將時空壓縮、映疊或交替，也能造成鮮明的意象。如：「每次寫到全臺北都睡著，而李賀自唐朝醒來。」（《逍遙遊・後記》）都是可圈可點的。

散文也要有完密的結構，通篇要有一個骨架，或依定法嚴整排列，如〈望鄉的牧神〉以「那年的秋季特別長」連鎖全篇。或無定法而縱橫變化，如〈蒲公英的歲月〉之激盪成文。其配置驅遣，全在作者匠心獨運。

在運筆的變化上，余先生散文中之屢用折筆，跟結尾的收筆是很值得觀摩的；前者是在一路而下的句子中，突然一折筆，使得下句意思與上句意思相矛盾而激成波瀾。如「……密西根的雪猶他的沙漠加州的海都那麼遙遠，陌生，而長城那麼近」（〈萬里長城〉），「遙遠，陌生」下緊接著一轉，「而長城那麼近」。事實上，密西根的雪，猶他的沙漠，加州的海是比較近的，作者偏說遠；長城明明較遠，卻偏說「那麼近」。便是故意製造意義的衝突。在句型上，前面一串長句子，最後一短句，立刻頓住，頗有千鈞頓收之勢。這種例子很多，又如〈蒲公英的歲月〉：「……面對一整幅陰黯的中國，和幾乎中斷的歷史。但歷史是不會中斷的……」〈蒲〉文中曾屢用頓挫，不再贅舉。結尾收筆，如〈聽聽那冷雨〉、〈望鄉的牧神〉、〈咦呵西部〉、〈地圖〉等等都首尾關鍵完密。再如〈丹佛城〉的結尾：「我立在湖岸，把兩臂張到不可能的長度，就在那樣空無的冰空下，一剎間，不知道究竟要擁抱天，擁抱湖，擁抱落日，還是要擁抱一些更遠更空的什麼，像中國。」憑空翻騰到「中國」上來，懷鄉之情，似淡而深，餘味不盡。

余先生飽學中西，常識豐富，聯想力廣邈，形諸散文，往往有千巖競秀之觀。但唯其如此，也容易在不經心處產生贅筆，如〈石城之行〉第三段之後寫安格爾教授「愛女兒是有名的」以下兩段都岔出題外。〈地圖〉第四段也不免此病。類此的插敘，並不能使原文增色的，便造成結構之疵了。

所謂「質料」……它是指構成全篇散文的個別的字或詞底品質。這種品質幾乎在先天上就決定了一篇散文的趣味甚至境界的高低。譬如岩石，有的是高貴的大理石，有的是普通的砂石，優劣立判。

此處，余先生舉了兩個例子：

她的瞳中溢出一顆哀怨。

她的秋波暗彈一滴珠淚。

余先生認為這兩句「意思差不多，但是文字的觸覺有細膩和粗俗之分」。個人卻覺得這兩句是較難「優劣立判」的。前句「瞳中」嫌露，「哀怨」平凡，但「溢」、「一顆」較生色。後句「秋波」本來勝過「瞳中」，但因用得太濫了，反而俗氣。「珠淚」跟「淚珠」不同，前者較勝，至於「暗彈」似不應算是敗筆。這樣比較或許太瑣碎，只不過想說明余先生隨手拈來的例子並不能清楚的說明他的定義。《左手的繆思》後記中曾提出：「我們的散文家們有沒有提煉出至精至純的句法和與眾迴異的字彙？」的質疑。「與眾迴異的字彙」似略可補充他對「質料」的定義。

從余先生的散文中，的確不難看出他對自己字詞的琢磨：「直聊到舌花謝盡眼花燦爛」（〈丹佛城〉）便極別出心裁，「依次是驚紅駭黃悵青惘綠和深不可泳的詭藍漸漸沉溺於蒼黛」（〈山盟〉）寫日落，從「驚駭」到「悵惘」是如何的把握住氣氛！「情人節，他想起天上的七七，國殤日，他想起地上的七七。」（〈蒲公英的歲月〉）又非一般的雙關可比美。「遇到別班先下課，騅駓駰駱驪騮騵，萬蹄過處，只有慘遭蹂躪的份」（〈譟音二題〉）對製造譟音的大學生，鞭辟入裡。最妙的是「騅駓駰駱……」一口氣念下來，不正是「眾馬齊嘶、齊奔」的聲音嗎？除了在聲音上的講究，在句型上，余先生也特意佈置。以下擬就此二方面，將余先生散文的特色稍事歸納；要知道質料只是寫作散文的「材料」，需靠作者配合「彈性」、「密度」的適度運用，才能顯出光芒。因此以下兩項，便是融三者於一爐，不再特意標明。

一、句型的設計

我嘗試把中國的文字壓縮，搥扁，拉長，磨利，把它拆開又拼攏，折來且疊去……（《逍遙遊．後記》）

這種試驗，果然使中國文字發揮了極大的彈性，也同時，造成作者與眾迥異的風格。不過歸納起來，仍不外承襲與變化：句子的排偶、複疊是前人早已強調過的。把句子特別化裝得繁縟，或特意精簡而壓縮，前人雖有文筆繁簡之論，但卻還沒有人做過這麼大膽的嘗試。大體而言，對偶的句子能給人典麗的感覺，排比的句子，能形成排山倒海的氣勢。從排偶繁衍出來，將文句或複疊、或拉長、或截短，都足以強化某一特定的效果。

他鄉生白髮，舊國見青山。可愛的是舊國的山不改其青，可悲的是異鄉人的髮不能長保其不白。（〈蒲公英的歲月〉）

前兩句是漂亮的文言對句，下兩句又衍成白話對句。在意義上既銜接，在情感上又有逆折：「可愛」與「可悲」相對，「山的青」與「髮已白」相對。類此例子不勝枚舉，讀者極易發現，不再贅引。

複疊可以說是經過改造的類疊句子。

> ……聽了一下瑣瑣屑屑細細碎碎申申訴訴說說的鳥聲。聲在茂葉深處滲出漱出。〈塔〉

這裡，用了很豪華的疊字，「瑣瑣屑屑細細碎碎」等等不但表意，同時兼表聲音，才達到疊字以聲摹境的勝境。「瑣、屑、細、碎、申、訴、說」等字都是齒音字，聲音尖細，讀來便有「瑣屑細碎」的感覺。底下一句「深處滲出漱出」也是有意以「深、滲、漱、出」來雙綰音義的。

> 在純然的藍裡浸了好久。天藍藍，海藍藍，髮藍藍，眼藍藍，記憶亦藍藍鄉愁亦藍藍復藍藍。天是一個琺瑯蓋子，海是一個瓷釉盒子，將我蓋在裡面，要將我咒成一個藍瘋子，青其面而藍其牙，再掀開蓋子時，連我的母親也認不出是我了。我的心因荒涼而顫抖。臺灣的太陽在水陸球的反面，等他來救我時，恐怕我已經藍入膏肓，且藍發而死，連藍遺囑也未及留下。……〈南太基〉

〈南太基〉是從海上寫起。充斥在海天的藍顏料裡，作者著實揮霍了不少藍筆。「天藍藍，海藍藍……鄉愁亦藍藍復藍藍」等類疊字本無甚出奇。下兩句便轉用譬喻，琺瑯蓋子跟瓷釉盒子都是藍得發亮的東西。「青其面而藍其牙」又鑲嵌進「青藍」，「咒成一個藍瘋子」是誇張的高潮。末句「藍入膏肓，藍發而死……」以排句行文，的確給人透不過氣的感覺。從這一小段可以領悟出，光是字面的重複是無濟於事的，還要意象的複疊；而呈現意象的手法是要變化多端的。

就這樣孤懸在大西洋裡，被圍於異國的魚龍，聽四周洶湧著重噸的藍色之外無非是藍色之下流轉著壓力更大的藍色。〈南太基〉

其間「藍色」二字是上下兼攝的。它的原來句法應是：「聽四周洶湧著重噸的藍色，藍色之外無非是藍色，藍色之下流轉著壓力更大的藍色」，作者故意將上一句疊在下一句上面，使「藍色」二字同時具有領上與托下的作用，造成堆疊擁擠的感覺，正好配合意思上過於泛濫的藍色攻勢。這種利用句型兼攝意義的方法，該是余先生所獨創。此類例子極多，不贅舉。

如果你什麼也不要，你說，你仍可擁有猶他連接內瓦達的沙漠，在什麼也沒有的天空下，看什麼也沒有發生在什麼也沒有之上。如果你什麼也不要，要飢餓你的眼睛。〈咦呵西部〉

「什麼也不要」，「什麼也沒有」是類句，參差複疊在句中，無非是特意強調沙漠的空無。至於像「租界流滿了慘案流滿了租界」〈逍遙遊〉，「山外是平原，平原之外是青山」〈塔〉則是以回文來複疊。不過複疊的泛濫也不無可疵之處，上引〈塔〉文下一句便是：

俄亥俄之外是印第安納之外是愛奧華是內布拉斯卡是內瓦達，烏鴉之西仍是烏鴉是歸巢的烏鴉。惟他的歸途是無涯是無涯是無涯。

前半已將「無涯」的意思表露無遺，末句又用「無涯」，已嫌露骨，何況再三重複。

設計繁縟的文句，是或將文句拉長，以強調豐富的意象，或將文句特別鋪展，以婉轉表達一個單純的意念。長短不同的句型可以產生不同的情調，情感平穩時，用長短參差的句型，讀來舒緩有節奏；情感激昂時，用特長或特短的句子可以分別表陳綿綿不盡或澎湃激越的情緒。

> 白。白。白。白外仍然是白外仍然是不分郡界不分州界的無疵的白，那樣六角的結晶體那樣小心翼翼的精靈圖案一吋一吋地接過去接成千哩的虛無什麼也不是的美麗，而新的雪花如億萬張降落傘似地繼續在降落，降落在落磯山的蛋糕上那邊教堂的鐘樓上降落在人家電視的天線上最後降落在我沒戴帽子的髮上當我衝上街去張開雙臂幾乎想大嚷一聲結果只喃喃地說：冬啊冬啊你真的來了我要抱一大捧回去裝在航空信封裡寄給她一種溫柔的思念美麗的求救信號說我已經成為山之囚後又成為雪之囚白色正將我圍困。

這一段讀來使人上氣不接下氣。在句型上，作者把標點符號略去，使原本獨立的句子連成長句，用以配合句意：「不分郡界，不分州界」都是連綿的意象。而「一吋一吋地接過去……美麗」更是雙綰句意與句型「連接不斷」。句意上「千哩」、「虛無」都是形容雪花覆蓋之廣闊。句型上，雪花降落，「降落在落磯山的蛋糕上……」以下一大堆受詞，也是連綿不斷的，使人有「雪花降落」掩蓋一切的感覺。這種利用句型的長度來表現景物的長度與廣度，不能說不是刻意經營的。這手法在余先生散文中也是屢見不鮮。

特意用繁句來鋪陳，以表呈一個強烈意念的，余先生的散文中也不乏其例，尤其在他表現對寫作的抱負與自信時，如：

> ……但在那之前，我必須塑造歷史，塑造自己的花崗石面，當時間在我的呼吸中燃燒。當我的三十六歲在此刻燃燒在筆尖燃燒在創造創造裡燃燒。當我狂吟，黑暗應匍匐靜聽，黑暗應見我鬚髮奮張，為了痛苦地歡欣地熱烈而又冷寂地迎接且抗拒時間的巨火，火焰向上，挾我的長髮挾我如翼的長髮而飛騰。敢在時間裡自焚，必在永恆裡結晶。

這裡，時間的燃燒——生命的消耗，與創作的燃燒成對比；為對抗時間之火，所以要創作。以上漫長的一段只表示一個意念：能燃燒自己來創作的，才能塑造歷史。作者卻用實象來誇張「燃燒」的鏡頭。其鋪展蓄積的力量，全貫注到最末一句上。像這樣氣勢如虹的例子，在〈地圖〉、〈蒲公英的歲月〉結尾都可找到。

〈蒲公英的歲月〉第四段也是個很成功的例子，寫作者雖是第三度出國，仍會寂寞異常：

> 因為一縱之後，他的胃就交給冰牛奶和草莓醬，他的肺就交給新大陸的秋天，髮，交給落磯山的風，茫茫的眼睛，整個付給青翠的風景。因為閉目一縱之後，入耳的莫非多音節的節奏，張口莫非動詞主詞賓詞。……

這一段全用「借代」手法。「一縱」之後，就是寂寞，但作者偏不提「心」，偏用胃、肺、髮、眼、入耳、張口來借代。的是繁筆刻意鋪陳的好例子。

文字的濃縮，有的是將字句壓縮，使原本較長的字句，硬是裁減一些，如「初秋的雲，一片比一片白淨比一片輕」（〈逍遙遊〉）句中硬是裁掉一個「一片」，與前文所舉文句複疊中，以句型兼攝意義的例子相同。從兩種角度去看它，都有可取處。也有的是在有限的字句中，使意象複疊，文意濃稠，前文已談過，不再贅言。

二、聲律的推敲

白話散文中的聲音節奏，自來極少人講究。朱光潛在《談文學》中有一節「散文的聲音節奏」，可能是第一個提出來的人，不過朱先生提出「不拘形式，純任自然」，要「自然、乾淨、瀏朗」等只是積極的原則。至於消極性的「文章既寫得不好，聲音節奏也就不響亮流暢」的原因，也只是因作者「思路不清楚，情趣沒有洗鍊得好，以及駕御文字的能力薄弱」，並未引領讀、作者如何去欣賞與創作散文的聲律美。

中國文字是最適宜表現聲音節奏的，這不僅因為中國文字是一字一音，容易匹配，且因中國文字在造字之初，就是「聲義同源」；因此，利用中國文字形、音、義天然的優越條件，不但能製造抑揚悅耳的句子，且能借著聲音來烘托情境，強化效果。

韻文中的聲音節奏，一般講究的是：平仄協調、韻腳安排、四聲搭配、雙聲疊韻等，在賦及古詩中，句子的長短抑揚也另具一格。白話散文不可能也不必要全部接收，但不妨挪為借鏡。余先生的散文便不乏例子，如在特寫鏡頭中，注意將平仄四聲用來陪襯氣氛，借用同音字以強調句意，利用雙聲疊韻強化效果，以音義相近的字來烘托情境等等。

今夜的雨裡充滿了鬼魂。濕濡濡，陰沉沉，黑森森，冷冷清清，慘慘淒淒切切。（〈鬼雨〉）

〈鬼雨〉是寫喪子之痛，全文充滿悲悼之情。隨手拈來一句。試看「濕濡濡，陰沉沉，黑森森」連九個平聲字。一般而言，平聲字給人的感覺是「哀而安」，而其中陰平聲是「低而悠」，陽平聲是「高而揚」，這九個字的重點在「濕、陰、黑」上，都是陰平。再看用「濕濡濡」而不用「濕答答」、「濕漉漉」、「濕津津」、「濕浸浸」，便是因「答、漉、津、浸」等字音調比較響亮，不適宜悒鬱悲涼的氣氛。像這樣以平仄來輔助氣氛，全在作者不著痕跡之下求取自然和諧。

同音字的重複可以強調句意，有助於情感的湧現，例如：

她來後，她來後便是后。（〈塔〉）

……留下他，留下塔，留下塔和他……（〈塔〉）

我的書齋經常在鬧書災。（〈書齋，書災〉）

〈塔〉文是作者羈旅異鄉時所作，思念妻子，所以用「後」字音強調「后」的地位。但畢竟妻子不在身邊，於是「鳥與風，太陽與霓虹，都從他架空的胸肋間飛逝」，只留下作者與塔，便用「塔、他」的諧音來強調寂寞。第三例效果亦然，余先生的散文中，極善於運用，試再看一典型例子：

大悲劇之後山色猶青著清朝末年的青青，而除了此岸的鷓鴣無辜地咕呼彼岸的鷓鴣，……（〈蒲公英的歲月〉）

從山「青」銜接到「清」朝，語意，聲音雙綰，「青」字聲音的重複便是在強調山水的無知，極具國破山河在的悲涼。下句以數「鴣」音強調「無辜地咕呼」的意義，正象徵作者無奈的呼告。這一句實是技法多方，在聲音上除了重複外，「無、咕、呼」還具有雙聲疊韻的音樂性，前半句又暗用典：「無情最是臺城柳」，所以能典麗而悲涼。

中國文字的雙聲疊韻，最富音樂性，現成的連綿字詞已是取之不盡，而非連綿字造成的雙聲疊韻更因作者用在不經意處，但卻配合事物的情態、作者的情感，更可強化效果，這是白話散文最足取法的。

湯湯堂堂。湯湯堂堂。當頂的大路標赫赫宣佈：「紐約三哩」。（〈登樓賦〉）

前八個字是摹聲的同音字，姑且不論。「當頂的大路標」便是有意塑造一串的雙聲字。從前八字到後邊，就是靠「當」字與「堂」字疊韻而帶下來的。

好像有一扇門，狻猊怒目啣環的古典銅門，挾著一片巨影，正向他關來，轆轆之聲，令人心悸。門外，車塵如霧，無盡無止的是浪子之路，伸向一些陌生的樹和雲，和更陌生的一

些路牌。〈蒲公英的歲月〉

這一段，雙聲疊韻之運用，正是從不經意處去經營，讀來音韻鏗鏘，一片宮商：連綿詞只「轆轆」二字，雙聲連語如「車塵」，疊韻連語如「怒目」、「啣環」、「如霧」等是顯而易見的。至於遙遙韻腳相合的如：「正、生、更、聲」、「門、影、塵、盡、伸、雲」、「環、典、片、關」、「向、狼」、「無、路、樹」等。聲母相合的如：「是、伸、樹、生」、「來、轆、令、浪、路」等，都參差互見。在韻腳上又有一共同點：大部分用陽聲韻腳，念起來氣充而音宏。

聲音相近的字可以烘托氣氛，可以寫意又可摹聲：

記憶，冉冉升起一張茫茫的白網。網中……〈蒲公英的歲月〉

……茫然的白毫無遺憾的白將一切的一切網在一片惘然的忘記之中……〈丹佛城〉

這兩句除了利用上邊所說雙聲疊韻的優點外，還利用發音部位相同的字音來助長意象的闊大。茫、網、白、忘等字都是唇音字，據聲韻學家的研究，凡是發唇音字，尤其雙唇音的字，多有模糊不清的意思，以上兩句正有此意。中國文字的聲音之足以輔佐情境，是不爭的事實，散文家們實不宜荒蕪這一片沃土。

大家都知道韓愈是掀起古文運動的大將，卻鮮有人知在韓愈之前，柳冕早已舉起古文運動的大纛，只不過他只有理論，缺少作品來印證，因此湮沒不彰。足見要建立新理論，能領導群倫，成功的創作是不可缺少的。余先生正是兩樣兼具而又能標出新領域的少數大家，讀他的理論與作品，我們便有著如是的期待。

（六十六年八月《中華文藝》月刊）

從〈蒲公英的歲月〉談余光中的中國意識

一個詩人或散文家所要表現——且表現能成功的，便是表現他那時代的他自己。從余光中自傳性的抒情散文中，可以看到他表現了自己的幾個面相：親情、愛情、友情、鄉情。但余光中有「一個很美的妻，兩個（已四個）很乖的女兒」（〈塔阿爾湖〉），愛情的路對他太順遂，親情又極豐盈，不曾起過什麼撞擊。友情，也許醞釀未熟——尚未做過特別的特寫。這些情感都零星點綴在他的散文中。只有那濃烈欲燃的鄉國之情充斥在字裡行間，不但在文中突擊式的屢屢出現，且幾度成為全文主題。像〈石城之行〉、〈塔〉、〈九張床〉、〈丹佛城〉等等是蜻蜓點水式的；而〈地圖〉、〈萬里長城〉及〈蒲公英的歲月〉則是溢滿了磅礴的中國意識。

眷戀中國舊大陸的文章不是沒有，但除了技巧外，作者本身條件往往不夠。老一輩的，從舊大陸到臺灣，整個沉緬在中國古典的懷念中，甚少正視眼前中國人的地位與困境；年輕一輩的，都生於斯長於斯，對舊大陸只是一個美的概念，懷念無從萌芽。而余光中的身分，使他激越的感情更形澎湃，使他更有懷鄉的權利與義務：

1.他從故鄉來，仍帶著故鄉的記憶：「二十年前來這島上的，是一個激情昂揚的青年，眉上睫上髮上，猶飄揚大陸帶來的烽火從瀋陽一直燎到衡陽，他的心跳和脈搏，猶應和抗戰遍地的歌聲嘉陵江的濤聲長江滔滔入海浪淘歷史的江聲。」

2.他曾涵泳在中國古典文學之中，讀過強調中國美的作品，加深他對故鄉的美感。（見〈酒醒的戴奧耐塞斯〉——訪詩人余光中先生）

3.他從舊大陸飄到臺灣，成長，又飄到新大陸的「異域」去：「第一次去新大陸，他懷念的是這個島嶼，那時他還年輕。再去時，他的懷念漸漸從島嶼轉移到大陸，那古老的大陸……」「你不能真正了解中國的意義，直到有一天你已經不在中國。」（〈地圖〉）

余光中的中國意識其來有自，在以上所舉三篇中，個人覺得〈蒲公英的歲月〉不但情感充沛，且技法最高；〈地圖〉一文內容較龐雜，間有小疵；〈萬里長城〉內容雖單純，但介乎寓言與非寓言之間，既未進入寓言的完全假託寄言，視之寫實，則又嫌誇張做作。比諸〈蒲公英的歲月〉，前者像一座爆發的火山，先是一觸即發，既而泛濫無邊。〈蒲〉文則是一股洶湧的伏流，每一處都激越得似要破地而出，給人許多震撼。〈萬〉文是感情的宣洩，〈蒲〉文是意識的外流；〈萬〉文由外界新聞引發，〈蒲〉文由作者一生處境引發，前者主題的時代性不及後者。最後還有一點更重要的，〈蒲〉文融入作者自己的抱負（〈地圖〉

亦然，但效果不及〈蒲〉文，〈萬〉文則無。

「是啊，今年秋天還要再出去一次，」對朋友們他這麼說。

開首節奏緩慢，接著步步抽緊，至結尾戛然而止，氣勢便逼人。在時間上，由這一句拉向未來（秋天），又扯回至現在，再拖到過去。在空間上，由臺灣，過渡到舊大陸、到新大陸，再回到臺灣。其中對舊大陸只是虛寫（瞭望與回憶而已）。構成三角形的空間交織在今、昔、未來的三段時間之流裡。而不管這交織如何融洽，其間又有賓主分明的地位：時間上的未來（今年秋天）及過去，都是用來強調「現在」的心情。空間的「新大陸」、「臺灣」都是用來陪襯舊大陸的地位。也就是除了作者原有對舊大陸的感情外，「新大陸」、「臺灣」的存在，都更強調了對舊大陸的感情。

作者曾兩度眺望舊大陸；第一次在金門，持著望遠鏡，在滄滄煙水、漠漠船帆之後的是廈門的青山。這裡，是一個接榫處。下一句「十二年前廈門大學的學生，鼓浪嶼的浪子，南普陀的香客，誰能夠想到，有一天會隔著這樣一灣的無情藍，以遠眺敵陣的心情遠眺自己的前身？」頂真接下來，拍到自己身上，眺望的感情於焉生出，自然、深刻。至此是一段序筆，伏下接著描寫感情的高潮：

司令官在地下餐廳以有名的高粱饗客，兩面的石壁上用敵人的炮彈殼飾成雄豪的圖案。高粱落到胃裡，比炮彈更強烈，血從胃底熊熊燒起，一直到耳輪和每一個髮根。那一夜，他失眠了，血和浪一直在耳中呼嘯。

把炮彈（殼）跟高粱很自然的帶在一起，接著用炮彈比喻高粱，「血從胃底熊熊燒起」已是一語雙關，澎湃了他一夜的，便是欲歸不得的熱血及深隔自由與集權的無情浪。失眠，無非因此而起。

第二次在勒馬洲。面對著陰陽一割的深圳河如啞如聾地流著。這是一條無船、無橋可渡的奈河。水無知覺，所以如啞如聾，所以是「奈河」——奈何。接著寫山的無知：「健忘的是風景。大悲劇之後山色猶青著清朝末年的青青」都很含蓄的道出「無情最是臺城柳，依舊煙籠十里隄」的悲涼。承接著山水無知的喟嘆之後，便又拍回到作者身上，面對著「國破山河在」，作者仍願擎起文化的大纛。

以上是對舊大陸感情較直接的描寫。接著是用新大陸來陪襯：

蒲公英的歲月，流浪的一代飛揚在風中，風自西來，愈吹離舊大陸愈遠。他是最輕最薄的一片，一直吹落到落磯山的另一面，落進一英里高的丹佛城。

作者用丹佛城借代了整個新大陸。這一段用了許多聯想，把新、舊大陸聯想在一起，但又用相反的景物推翻這聯想：

丹佛城，新西域的大門，寂寞的起點，萬嶂砌就的青綠山嶽，一位五陵少年將囚在其中，三百六十五個黃昏，在一座紅磚樓上，西顧落日而長吟：「一片孤城萬仞山」。但那邊多鴿糞的鐘塔，或是圓形的足球場上，不會有羌笛在訴苦，況且更沒有楊柳可訴？於是橡葉楓葉如雨在他的屋頂頭頂降下赤褐鮮黃和銹紅，然後白雲在四周飄落溫柔的寒冷，行路難難得多美麗。於是在不勝其寒的高處他立著，一匹狼，一頭鷹，一截望鄉的化石。縱長城是萬里的哭牆，洞庭是千頃的淚壺，他只能那樣立在新大陸的玉門關上，向《紐約時報》的油墨去狂嗅中國古遠的芳芬。可是在蟹行蝦形的英文之間，他怎能教那些碧瞳人去嗅同樣的菊香與蘭香？

丹佛城是新西域的大門，用來比成「玉門關」，被囚著的是中國的「五陵少年」，長吟著王之渙的「一片孤城萬仞山」。在山中行著如四川蜀道的「行路難」，而立在「不勝其寒的高處」（蘇軾：「又恐瓊樓玉宇高處不勝寒」），使他立成「一截望鄉的化石」（按《幽明錄》載：「武昌北山上有望夫石，狀若人立，古傳云昔有貞婦，其夫從役遠赴難，餞送此山，立望夫而化為立石，因名焉」），或用比喻，或用借代，或用轉化，無非都是用中國典故引發對舊大陸的冥想。然而，這裡畢竟不是舊大陸，因為有「多鴿糞的鐘塔」及「圓形的足球場」，沒有「羌笛」、「楊柳」（王之渙〈出塞〉：「羌笛何須怨楊柳，春風不度玉門關」），這是對著懷念舊大陸的一個反擊，於是「縱長城是萬里的哭牆，洞庭是千頃的淚壺」，而他的淚，仍落不到洞庭湖（壺）裡。情感經過章法上懸宕之後，悲哀是多麼深沉！

另外，本段的意象也值得細翫：前邊「玉門關」、「一片孤城萬仞山」、「行路難」等等造就的意象都極廣闊，到最後，在不勝其寒的高處，他立著，像「一匹狼，一頭鷹」最後凝成「一截望鄉的化石」，意象由大而小，而濃縮成一點。中國古典詩中，諸如此類意象的排比運用極多，柳宗元的五絕〈江雪〉便與本段異曲同工。所不同的是本段除了空間的意象外，還滲入了感情的壓縮，使情緒更激揚。

本來這一段就此收束，便已有無窮餘音。不過作者卻又很技巧的加一點文字，用頂真法從新大陸引渡到臺灣：

> 碧瞳人不能。黑瞳人也不可能。每次走下臺大文學院的長廊，他像是一片寂寞的孤雲，在青空與江湖之間搖擺。

碧瞳人頂真承接上文是一提筆，但立刻又一折筆，轉到黑瞳人，中間省去了頓筆，文氣急轉而下，為的是引發更深一層的悲哀：碧瞳人不能，已夠悲涼，但面對自己民族的黑瞳人，竟也靈犀不通，「微斯人，吾誰與歸？」的悲涼極深沉。

這一段以下寫實較少，已接近說理，讀者要在文字間豐富的意象裡捕捉情感：「走下臺大文學院的長廊」而「他像是一片寂寞的孤雲」「在青空與江湖之間搖擺」。「長廊」的意象本細長而狹窄，到了「孤雲」，已拉向空中，造成立體意象，「青空與江湖」間形成上下的廣闊，「搖擺」再造成左右的寬度。這些逐漸擴大的意象裡所填塞的便是上完課，黑瞳人「不能」之後，他無邊的寂寞與孤獨。

> 江南，塞外，曾是胯下的馬髮間的風沙曾是樑上的燕子齒隙的石榴染紅嗜食的嘴唇，不僅是地理課本聯考的問題習題。

這一句也很別緻。「江南」、「塞外」是兩個極廣大的空間，幾乎等於整個中國。但作者偏把它濃縮成四個字，且又用標點斷開。底下接著一系列風沙、燕子等排成長句子，串成較繁富的意象，同時替前四個字做註腳。末尾「不僅是地理課本聯考的問題習題」一轉，再折到黑瞳人的「不能」。仍然在強調這一點。

> 舊大陸、新大陸、舊大陸。他的生命是一個鐘擺，在過去和未來之間飄擺。

前三句只是地名的排列，把新大陸夾在中間，意謂著只是過渡時期。後二句雖寫的是時間：在過去，未來之間搖擺，但因承前三句地名而下，便也一語雙綰地表明形體亦在兩大陸之間「搖擺」。

對於臺灣「這座島」，他喜歡，且感激。因為：「為了二十年的身之所衣，頂之所蔽，足之所履。」因此在他面臨離別島嶼時，也會有依依之情：

> 在三去新大陸的前夕，已經有一種依依的感覺。這裡很少楊柳，不是蘇堤白堤的那種依依，雖遠亦相隨。他又特別不喜歡棕櫚，無論如何也不能勉強把它們撐成一把詩。不過這城裡的夏天也不是截然不能言美的，就看你怎樣去獵取。

這一段很微妙地表現出作者對島嶼微妙的感情。離別時雖有「依依」之情，但遺憾這裡很少楊柳，缺乏像對中國的感情，所以，即使有，也不是蘇堤白堤的楊柳，所以不會有像對蘇、白堤的依依。他又「特別不喜歡棕櫚」，因為「無論如何也不能勉強把它們撐成一把詩」，島嶼的棕櫚不能給他美感，因為舊大陸上沒有。「不過」以下一句又是一個轉折，在棕櫚樹之外，仍能找到美感，我們試從作者標出「美感」的東西中拈出幾許痕跡來：

這座島嶼是冥冥中神的恩寵……延續一個燦爛悠遠的文化……植物園那兩汪蓮池，仲夏之夕，浮動半畝古典的清芬……那種古東方的恬淡感就不知有多深遠。

一架飛機悶悶的聲音消逝後，巷底那冰菓店再度傳來平劇的鑼鼓，和一位古英雄悲壯的詠歎。

所強調的莫非古中國的文化，古典的清芬，古東方的恬淡與古英雄的詠嘆。而這些，都是因有舊大陸的記憶才產生那麼哀怨的美感。這一段寫作者微妙的情感，欲收又吐，頓挫連起，波瀾迭生。

迴盪在新舊大陸與島嶼上的情感之外，使這篇文章駕乎其他親情、愛情等文之上的，是作者融入了捨我其誰的責任感。這種責任感是順著文勢，逐漸高昂的，以下將文中幾個關鍵處拈出，便能瞭然：

二十年前，他就住在銅鑼灣，大陸逃來的一個失學青年，失學、失業，但更加嚴重的是失去信仰，希望，面對一整幅陰黯的中國，和幾幾乎中斷的歷史。但歷史是不會中斷的，因為有詩的時代就證明至少有幾個靈魂還醒在那裡，有一顆心還不肯放棄跳動。因為鼾聲還沒有覆蓋一切。即使在鐵幕深深的門口，也還有這許多青年寧願陪著他失眠。

維持歷史的重擔，他跟「許多青年」承擔了下來。可惜「他的朋友一起慷慨出發的那些朋友半途棄權，跳車、扭踝仆倒的選手到那裡去了？」而且「即使擊鼓吹簫，三嘯大招，也招不回那許多亡魂。」

最後，只剩下他仍「背負著兩個大陸的記憶，左耳，是長江的一片帆，右耳，大西洋岸一枚多迴紋的貝殼？」作者是自負的，但他有多自負，他就有多憂愁，因為他要孤獨地背負起一個免於中斷歷史的重任。

曾經冀望新一代青年能與他共襄盛舉，但「那重重疊疊的回憶成為他們思想的背景靈魂加深的負荷，但是那重量不是這一代所能感覺」又令他失望。從上邊銜接至此，便有前不見古人，後不見來者的悲愴了。然而，在悲愴過濾之後，「他的靈魂反而異常寧靜。因為新大陸和舊大陸，海洋和島嶼已經不再爭辯，在他的心中，他是中國的。這一點比一切都重要。」這一點的確比一切都重要，自我的體認之後才能做深切的肯定：

他吸的既是中國的芬芳，在異國的山城裡，亦必吐露那樣的芬芳，不是科羅拉多的積雪所能封鎖。每一次出國是一次劇烈的連根拔起。但是他的根永遠在這裡，因為泥土在這裡，芬芳，亦永永永永永播揚自這裡。

整篇文章，是作者自我靈魂的一個大掙扎，結尾是奮鬥成功的魚躍鳶飛。承接這樣明淨無疵的境界之後，最後一段收束便毫不令人驚訝：

他以中國的名字為榮。有一天，中國亦將以他的名字。

這一句是情感與責任感濃縮而成，豪氣干雲，餘味無窮。

在技法上，「每一次出國是一次劇烈的連根拔起」又是一頓筆，不但跟文首遙遙呼應，下邊一個翻騰，又折到「但是他的根永遠在這裡」。在這篇文章中，作者數次使用頓挫手法，不但增加文章的波瀾，更增加文章的氣勢。如前段，便有一股浩然之氣運行其間，到最後一段用短句收束，戛然而止，餘韻悠揚。

（六十六年六月《幼獅文藝》）

從余光中〈聽聽那冷雨〉談散文的感覺性

散文要引起讀者的共鳴，不像小說，可以借助故事情節的幻化多端以取勝。不過，作者在行文運筆之際，可以引起讀者各種感官的刺激，使讀者如聞如見，如履其境，造成感同身受的效果，也能使散文具有引人的魅力。余光中〈聽聽那冷雨〉便是一篇要讀者視覺、聽覺、觸覺、味覺與嗅覺同時「享受」的散文。因此，它是一篇富有「感覺性」的文章。

> 聽聽，那冷雨。看看，那冷雨。嗅嗅聞聞，那冷雨，舔舔吧那冷雨。

上一例便指出雨是「冷」的，訴諸觸覺。冷雨可以「聽、看、嗅、舔」，便是訴諸聽、視、嗅、味等感官。不過，上例只是說明式的，還未進入描繪的階段，對讀者感官的刺激仍嫌微弱。

> 先是料料峭峭，繼而雨季開始，時而淋淋漓漓，時而淅淅瀝瀝，天潮潮地濕濕……
> 雨氣空濛而迷幻，細細嗅嗅，清清爽爽新新，有一點點薄荷的香味……

上兩例便是進而描繪了。「空濛迷幻」可以訴諸視覺，「薄荷香味」訴諸嗅覺。「料峭」、「淋漓」、「潮濕」固然是訴諸觸覺的描寫，但運用疊字「料料峭峭」、「淋淋漓漓」、「天潮潮地濕濕」便同時錄下了風聲（料峭）、雨聲的音響了。同理，「細細嗅嗅，清清爽爽新新」利用齒音字，造成細碎的聲音，也極富聽覺的刺激力。像這樣一語兼攝，既寫實境，又描聲態，便能給讀者感官以極鮮明的印象。

融合各種感官，或同時描寫，或參差交融，是更進一步的寫法：

雨天的屋瓦，浮漾濕濕的流明，灰而溫柔……

「濕濕」、「溫柔」都是訴諸觸覺的，「流明」、「灰」是訴諸視覺。把這兩種感覺交融起來，使視、觸覺等感官的感覺不能獨立，造成渾然一體的心象。上例除了意義外，在字形上，作者特意用「浮漾濕濕、流、溫」等多「水」的字形來形容雨天，也是有心配合來刺激視覺神經的。

樹也砍光了，那月桂，那楓樹，柳樹和擎天的巨椰，雨來的時候不再有叢葉嘈嘈切切，閃動濕濕的綠光迎接。

這一句與上例極類似。不過加一「嘈嘈切切」及「綠光」，不但增加聲音的喧鬧，且增添鮮明的色彩。

另外，也可以利用移就的手法，使原本訴諸聽覺的刺激，卻讓視覺感官去接受，訴諸味覺的刺激卻讓觸覺感官去接受。或者利用轉化或譬喻的手法，改變描寫事物的性態，都能造成感官的矛盾，引起鮮明的印象。例如：

至於雨敲在鱗鱗千瓣的瓦上，由遠而近，輕輕重重輕輕，夾著一股股的細流沿瓦漕的屋簷潺潺瀉下，各種敲擊音與滑音密織成網……

「各種敲擊音與滑音」本都是訴諸聽覺的，這裡卻把它「密織成網」，讓視覺去接受。在修辭學中稱為移就法。在末句之前，重點在寫雨的聲音，「輕輕重重、潺潺」都是有意的安排，甚至於「鱗鱗」雖用以形容瓦，實在也雙關出雨聲，到最後轉變成「網」時，全移到視覺上，事實上，聽覺的作用並未嘗消失。所以，移就的手法，其實是在引起更多感官的注意而已。

雨是一種回憶的音樂，聽聽那冷雨，回憶江南的雨下得滿地是江湖下在橋上和船上，也下在四川在秧田和蛙塘下肥了嘉陵江下濕布穀咕咕的啼聲。

「濕」本是訴諸觸覺的，布穀的啼聲是訴諸聽覺的，而雨下濕了布穀的啼聲，啼聲本不可濕，但作者用移就法，使啼聲濕——因而雙關地帶出「泣淚」來。這一段，作者是寫在雨中回憶江南，思念家鄉卻歸不得，而布穀鳥極似杜鵑，啼聲便有思歸之意，思家而啼而下淚是很自然的。但作者寫來卻這麼含蓄。由此可見，如果同時利用典故、聲音、意義等的雙關再造成移就，是極具感人力量的。

雨，該是一滴濕漓漓的靈魂，窗外在喊誰。

上例便是利用譬喻修辭法中的「隱喻」，把雨譬喻成「靈魂」，因而可以「喊誰」。後文有將雨譬喻成「強勁的電琵琶忐忐忑忑忐忑忑忑」，雖然用了不少形容詞，但仍不及此例效果大，便是因此例又以「喊誰」而擬人化，似乎呼之有聲，更能引發讀者視覺、聽覺的注意力。

連思想也都是潮潤潤的。

也許地上的地下的生命也許古中國層層疊疊的記憶皆蠢蠢而蠕……

……那股皚皚不絕一仰難盡的氣勢，壓得人呼吸困難，心寒眸酸。

以上三例都是利用修辭學中轉化手法裡「以物擬物」或「以物擬人」的方法，才特別富有感覺性的。把「思想」轉化成物——以物擬物，於是才可以「潮潤潤」。「記憶」轉化成物，所以才能「層層疊疊」，能投入視線之內。但下文又轉化為動物。「蠢蠢而蠕」，又具有動作的形態。「皚皚不絕」用以形容白雪，本是訴諸視覺感官的印象，經作者轉化為「氣勢」而「一仰難盡」，再轉化為「物」，可以「壓得人呼吸困難，心寒眸酸」。由以上例子可以看出，利用譬喻或轉化等修辭技巧，可以多方製造刺激感官的動作，而引發讀者豐富的想像。

文章中的感覺性，以視覺及聽覺為主，嗅、觸、味覺為輔。視覺的感官，是不論任何一方面的描寫都要用到的，而聽覺的感官，正因中國語言文字之具有單音綴的特色，在文辭中格外能顯出音節之美，所以也屢屢能派上用場。因此，文章能富有感覺性，取擷於有聲音色彩姿態的材料是很重要的。反過來說，想要欣賞文字的音樂性，便要尋找描摹聲音的文章，要欣賞文字的色彩美，便要尋找描繪景色的文章。〈聽聽那冷雨〉便是著重在「聲音」的調配上。隨手可以拈到例子，像：

雨是一種單調而耐聽的音樂是室內樂是室外樂，戶內聽聽，戶外聽聽，冷冷，那音樂。

因為雨是最最原始的敲打樂從記憶的彼端敲起。瓦是最最低沉的樂器灰濛濛的溫柔覆蓋著聽雨的人……

「聽」字一再重複重疊，「冷」字的重疊，都一方面可以狀貌，一方面又可以擬聲。此處，又跟「音」字呼應，使全句都閃爍著清亮的聲音。後一例是雙行並寫，從句型上便排列出句意來：句子很長，正配合「最原始、記憶的彼端」等長的意思。而「敲」字置於最末，正是跟句子的形式及意思配合得極恰當。後一例的雨「聲」就不如前一例清亮了。後半句「低沉、灰濛、溫柔」都是柔暖的聲音。這便是聲隨情轉，情由音現的妙處了。

但是，作為一篇富有音樂性的文章，在音響的調配上，它固然要自成機杼，而被調配的這些文字的字質，作者也不宜全部就地取材。我們試看〈聽〉文中的雨聲：

時而淋淋漓漓，時而淅淅瀝瀝，天潮潮地濕濕。

瀟瀟的冷雨

疏雨滴梧桐，驟雨打荷葉。

急雨聲如瀑布，密雪聲比碎玉。

形容七月雨是：「聽颮風颮雨在古屋頂上一夜盲奏」，西北雨是：「斜斜的西北雨斜斜，刷在窗玻璃上，鞭在牆上打在闊大的芭蕉葉上……」諸如此類，所用形容詞的字質都未能刷新。至於像「走入霏霏」「春雨綿綿、秋雨瀟瀟」，就更老生常談了。比較可觀的，試舉二例：

至於雨敲在鱗鱗千瓣的瓦上，由遠而近，輕輕重重輕輕，夾著一股股的細流沿瓦漕與屋簷潺潺瀉下，各種敲擊音與滑音密織成網，誰的千指百指在按摩耳輪。「下雨了」溫柔的灰美人來了，她冰冰的纖手在屋頂拂弄著無數的黑鍵啊灰鍵，把晌午一下子奏成了黃昏。

雨來了，最輕的敲打樂敲打這城市……

前一例利用移就法，前文已說過。此外，此二例將雨譬喻成灰美人與敲打樂，是很新穎的。因此連帶使用的字質就比較有新鮮感了。

在散文中創造豐富的感覺性，似乎仍是一片待開發的沃土。最後還想聲明的是，對於字質的推陳出新，並非像寫賦般，故意用生澀奇僻的字眼掉書袋，而是利用普通常用的字，重新組織成更新穎的形容方法。重讀幾遍白居易的〈琵琶行〉，會給我們極高的啟示。

（六十六年四月《文壇》月刊）

評余光中〈地圖〉的結構

文學作品必要有它自成機杼的縝密結構；散文亦然。散文的結構，大體而言，一篇之中，各大段落要互相搭配，聯成一大結構；每段又自成體系，形成小結構。其間如配置恰當，能使全文血脈流通，骨節靈活。但也有通篇構架完整，全文卻毫無生氣的；其間變化，運用之妙，存乎一心。

〈地圖〉是收在余光中文集《望鄉的牧神》中的一篇抒情散文。「地圖」是一個引子，由它牽引出許多身世家國之感。它同時也是個楔子，全文都藉著它來轉折。最後，「將新大陸和舊大陸的地圖重新放回右手的抽屜」將全文總收，跟開頭第一句：「書桌右手的第三個抽屜裡，整整齊齊疊著好幾十張地圖」遙遙呼應。首尾結構，非常完密。在這中間，從作者擁有幾十張的新舊地圖，牽引出新大陸、舊大陸。對新大陸，應該陌生，但新大陸的地圖卻使用得最陳舊；對舊大陸應該熟稔，卻只能「臨圖神遊」。夾在新舊大陸之間的是「島嶼」，卻是「無地圖」狀態，因為太小，無須使用地圖。另外，作者再插入對「畫地圖」的喜愛，也發揮了烘雲托月的功用。

全文分十四個小段落。

書桌右手的第三個抽屜裡，整整齊齊疊著好幾十張地圖，有的還很新，有的已經破損……最痛惜的，還是那些舊的，破的，用原子筆劃滿了記號的。

從「舊地圖」牽進「新大陸」。在異國，地圖就像他的太太，和他商量並陪伴他闖過五萬里路的雲和月。在內容上，一、二段是聯成一氣的。

第三段順承而下，是回到國內：

一年多，他守住這個已經夠小的島上一方小小的盆地兜圈子，兜來兜去，至北，是大直，至南，是新店。往往，一連半個月，他活動的空間，不出一條怎麼說也說不上美麗的和平東路……

回到「島嶼」，是無地圖的歲月，因為活動空間太小，行蹤太短，不須地圖指引。只是偶而「文旌南下」，去中南部大學演講，才「逸出那座無歡的灰城」，但不久，又為了現實生活回到北部。

第四段承上段，「文旌北返」後在「灰城」做兩件有意義的事：創作及做「光源」。這裡，寫創作的意象是很值得翫味的：「把自己幽禁在六個榻榻米的冷書齋裡，向六百字稿紙的平面，去塑造他的立體建築。」「六個榻榻米的冷書齋」，又小又冷；「六百字稿紙的平面」也是既小又只有面。但在此塑造出的卻是突破小書齋與稿紙的「立體建築」。充分表現作者對創作海闊天空的抱負與自信。

> 做一個發光體，一個光源，本身便是一種報酬，一種無上的喜悅。每天，他的眼睛必成為許多眼睛的焦點。從那些清澈見底，那些年輕眼睛的反光，他悟出光源的意義和重要性。

創作跟教書，使他灰城之囚的日子有了意義。也可以說明他何以要回國守在這一方小盆地的原因。不過在結構上，這一段略有瑕疵。第四段是緊承上一段「文旌南下」後而「文旌北返」的。作者這樣開始：

> 這裡必須說明，所謂「文旌南下」，原是南部一位作家在給他的信中用的字眼。中國老派文人的板眼可真不少，好像出門一步，就有雲旗委蛇之勢。每次想起，他就覺得好笑，就像梁實秋，每次聽人闊論詩壇文壇這個壇那個壇的，總不免暗自莞爾一樣。「文旌北返」之後，他立刻又恢復了灰城之囚的心境……

「文旌北返」以上云云，實為廢筆。「文旌南下」並不是什麼深奧的句子，無庸特別詮釋。這不僅是結構之疵，也同時破壞了行文的氣氛。全段如從「文旌北返」開始，便爽利多了。

另外，前邊所舉作者在冷書齋，面對稿紙創作「立體建築」，意象完美。但緊接著的是：「六蓆的天地是狹小的，但是六百字稿紙的天地卻可以無窮大。」這附加的說明便是蛇足了。

第五段：

他所置身的時代，像別的許多時代一樣，是混亂而矛盾的。這是一個舊時代的結尾，也是一個新時代的開端，充滿了失望，也抽長著希望，充滿了殘暴，也有很多溫柔，如此逼近，又如此看不清楚。

這一段，已離開前文，提筆陡起。寫時代的混亂與矛盾。第二句的結構也值得翫味：用一連串的排句，已能使文氣加強。在內容上，各排比的句子又是正反相生的，在一氣呵成之中，又激盪產生波瀾。

在第五段中，作者用毛筆、鋼筆、粉筆分別譬喻借代了：傳統、現代與學院派。所有的筆都在爭吵：

毛筆說，鋼筆是舶來品；鋼筆說毛筆是土貨，且已過時。又說粉筆太學院風，太貧血；但粉筆不承認鋼筆的血液，因為血液豈有藍色。於是筆戰不斷絕，文化界的巷戰此起彼落。

他也是火藥的目標之一，不過在他這種時代，誰又能免於稠密的流彈呢？

作者自己手裡就同時握有毛筆、粉筆、鋼筆。「他相信，只要那是一枝挺直的筆，一定會在歷史上留下一點筆跡的。」這裡作者肯定了融合古、今、中、西文化的成果必然輝煌，也宣誓了作者的抱負。

以上三段都無一字涉及「地圖」，也無一句關聯到「地圖」，看似與題旨無關。但事實上，這三段是在「無地圖」的狀況下的。這三段全部事件都發生在「島嶼」上。在此之不需地圖前文已說過。在整個結構上，三、四、五段是連成一氣，從「地圖」上盪了開來，其媒介便是從有地圖到無地圖。在這盪開來之際，加入了創作、光源、文化巷戰等深刻的意義。

走筆到第五段尾，全文似乎被盪得太遠了。這裡，藉著其中一句：「不過在他這種時代，誰又能免於稠密的流彈呢？」又遙遙牽回到地圖上。第六段開頭：

流彈如雹的雨季，他偶而也會坐在那裡，向攤開的異國地圖，回憶另一個空間的逍遙遊。

「流彈如雹的雨季」一語雙關著文化巷戰，這裡很輕易的把筆頭引回到新大陸。把中西文明與民族性做了一個比較。

他將自己的生命劃為三個時期：舊大陸、新大陸，和一個島嶼。他覺得自己同樣屬於這三種空間，不，三種時間……舊大陸是他的母親，島嶼是他的妻，新大陸是他的情人。和情人約會是纏綿而醉人的，但是那件事註定了不會長久……

以上是第七段的起筆，也很突然，可以說是「突接」。但仍有跡可尋。在下面接著寫的是：「去新大陸的行囊裡……他帶去的是一幅舊大陸的地圖」，顯然是從前段新大陸的地圖渡到舊大陸的地圖來了。前人講究段落承接，須有「嶺斷雲連」之妙，此處頗近似之。

他常常展視那張殘缺的地圖，像凝視亡母的舊照片。

至此為止，地圖對作者的意義是：新大陸的地圖是實用的，舊大陸的地圖是派不上用場，只能用來回憶的；而島嶼是沒有地圖的。

第八、九、十等三段也自成一大段落。寫作者喜歡畫地圖。第八段說他初中時就喜歡畫地圖：

一張印刷精緻的地圖，對於他，是一種智者的愉悅，一種令人清醒動人遐思的遊戲。

第九段寫他經常越俎代庖替人畫地圖，第十段是不僅愛畫中國地圖，更愛畫外國地圖：

他喜歡畫中國地圖，更喜歡畫外國的地圖……。

面對外國地圖，他的心境，「是企慕，是嚮往，是對於一種不可名狀的新經驗的追求。那種嚮往之情是純粹的，為嚮往而嚮往。」

不論過去畫中國地圖，或外國地圖，作者表現的都是像對藝術，很純粹、很理性的喜好。而面對舊大陸的感情卻不然。爾後舊大陸的地圖已代表了舊大陸本身，其身分與過去中學畫成的中國地圖不同。所以說，前三段沖淡的情愫是用來烘托比襯後兩段激盪深曲的感情的。

第十一段寫作者逃難到四川時，他的「眼神如蝶，翩翩於濱海的江南」。後來日軍投降，他乘船回到江南，卻反而又懷念起四川。當「鐮刀旗又昇起」時，他漂到了「島嶼」。而今，面對著地圖，眼光又留連於「江南」了。最後一行，又一波折：「他更未料到，有一天，他也會懷念這個島嶼，在另一個大陸。」

這一段極其含蓄婉轉的道出作者對自己國土故鄉的懷念之情。作者是江南人，最懷念的應是江南，但在他回到老家時，又懷念起第二故鄉四川。在他離開大陸時，最想念的又是江南了，而當他離開臺灣到了新大陸，又想念起臺灣。這種感情中輕重的層次，曲折道來，真是峰巒層疊，波濤起伏。跟賈島的〈渡桑乾〉正是異曲同工：

客舍并州已十霜，歸心日夜憶咸陽。無端更渡桑乾水，卻望并州是故鄉。

作者頗喜賈島詩，此段結構靈感之得來，想必與此詩不無關係？

第十二段緊接上文，從含蓄婉轉，筆鋒一轉而為直陳近乎議論的宣洩：

「你不能真正了解中國的意義，直到有一天你已經不在中國」……在中國，你僅是七萬萬分之一的中國，天災，你可以怨中國的天，人禍，你可以罵中國的人……當你不在中國，你便成為全部的中國，鴉片戰爭以來，所有的國恥全部貼在你臉上……

這一段雖近似議論，但語氣極為沉痛悲涼。

最後兩段是總收全文；既然不能身在舊大陸，便只能面對著地圖神遊。然而神遊無濟於事：「既然已經娶這個島嶼為妻，就應該努力把蜜月延長。」這一段又恢復了含蓄蘊藉。在遍歷新舊大陸的神遊之後，很輕易的把筆收回到島上，回到現實。

於是他將新大陸和舊大陸的地圖重新放回右手的抽屜……他搓搓雙手，將自己的一切，軀體和靈魂和一切的回憶與希望，完全投入剛才擱下的稿中。於是那六百字的稿紙延伸開來，吞沒了一切，吞沒了大陸與島嶼，而與歷史等長，茫茫的空間等闊。

本來，整個鏡頭從廣大的神遊收回到島嶼的「抽屜」內了。卻接著又把自己的一切——軀體、靈魂、回憶與希望，投入稿中。隨著六百字的稿紙延伸開來，吞沒了一切。這裡，意象又浩大無涯，蓋過了島嶼、新舊大陸，而與歷史等長，與空間等闊。氣象何等雄偉。在整體結構上，末尾「於是那六百字的稿紙延伸開來」跟前面第四段「向六百字稿紙的平面，去塑造他的立體建築」首尾遙遙呼應，縮合住全篇的結構。

（六十六年二月《文壇》月刊）

評季季的《夜歌》

季季在出版七本小說之後，推出了她的散文集《夜歌》。她的小說風格獨特；而散文，也有她自己的面貌。她是個「婦女作家」，但她不寫柴米油鹽、孩子、家務。季季描寫的仍離不了「身邊瑣事」。但她擷取瑣事的同時，更努力去挖掘她自己的心底。因之，每一件瑣事，都能呈現出比瑣事本身更深一層的意義。如〈鄉下老婦〉、〈再見，翁鑼仔〉、〈一個雞胸的人〉便是見人所未見，發人所未發，見出作者過人的觀察力與感受力。作者不僅善於深入挖掘，且能廣泛推展思路，如〈她底背影〉便由一張照片生出許多奇想，足見具有豐富的聯想力。這些稟賦，使她能把平凡的小事小物，化腐朽為神奇。

作者常從不同的角度去觀察人生，又用不同的深度表現出來。與其如琦君女士含蓄地說作者「在她任何一篇作品中，都顯露出她對悲壯生命的謳歌，生存價值的肯定。」那麼單純，倒不如像作者自己說的：「我的《夜歌》，其實是充滿了我對這人世底質疑和抗辯的；雖然其中也充滿了辛酸、寬容、喜悅和讚美。」的確，在這本集子裡，〈我的鼻子〉、〈她底背影〉、〈再見，翁鑼仔〉、〈傾聽〉都有作者「質疑的抗辯」；〈一個雞胸的人〉、〈鄉下老婦〉、〈夢幻樹〉中，豈不是充滿了寬容、讚美？而〈舊衣的聯想〉又帶有辛酸，〈你底呼聲〉又飽含多少血汗？且不論生命給她的震撼如何大，生存給她的壓力如何重，季季仍然會在灰燼中找到希望。如在〈房子〉的一場火災之後，季季在許多張憂愁的臉孔之外，她看到的是「一片無比深厚的土地，永遠賦予著人們最原始而堅實的期望」。不僅如此，在每一事件的末尾，作者都會有一峰迴路轉之後的柳暗花明，如〈夢幻樹〉在身體疲倦與理智困擾之後，仍能回復海闊天空的開朗心情：

> 我們在陽光下走著來路時，四野的清風和春日底芳香似乎都齊攏過來了。走了很長的一段路，我回過頭去，只見天地遼闊、一片清澄。那綠蔭華蓋、白色的圍牆、瘋狂吠叫的狗都沒入一片清澄裡。而勇氣、理性、尊嚴卻在那一片清澄中，分別綻出大小不一、色澤各異的花朵。

「勇氣、理性、尊嚴」乃至人生的許多片面，都有許多的層次，每個層次又有不同的面貌。明乎此，我們就更了解作者何以在作品中透露出那麼堅韌的生命力。而琦君女士何以獨獨折服於她能對悲壯的生命予以謳歌，對生存的價值予以肯定了。

從寫作先後的次序來看，季季的散文並非走著半個拋物線的路，從民國五十九年第一篇〈傾聽〉，到六十一年〈舊衣的聯想〉、〈我的鼻子〉一直到最近的〈風景〉、〈號聲〉、〈丟丟銅仔的旅程〉，並未呈現出後出轉精的現象，而是起伏不定的姿態。表現手法特殊而敘寫又深刻的如〈你底呼聲〉、〈她底背影〉正好是民國六十三、四年間的作品。記事而生動的如〈我的鼻子〉、〈抽屜〉；前者敘寫切身之痛，後者描繪自己習於故常的本性，入木三分。季季描寫身外之人，如〈鄉下老婦〉、〈一個雞胸的人〉也很特殊；前者敘述七、八十歲的「匹夫匹婦」數十年不渝的愛情，後者寫作者對一個殘疾人始而憐終而敬的感情，角度自有不同。其他敘述身邊瑣事的如〈號聲〉、〈一天裡的兩件事〉、〈房子〉、〈夢幻樹〉等篇，事件本身平凡無奇，但作者往往能在平凡中別生新意，如在單調的號聲裡，聽出「它的意義絕不只是叫人起床而已」。〈一天裡的兩件事〉：收垃圾的夫婦跟群鴿舞空的「畫」並舉，前者象徵現實中求生的勞碌，後者則代表藝術中精神的涵泳，一物質、一精神，虛實對比。不過個人覺得，這篇儘管有這些好處，但文字過於冗蔓，實是瑜不掩瑕。

季季以寫小說之筆來創作散文，表現在散文裡的特色便是象徵手法的運用。〈你底呼聲〉全篇以「你」象徵「寫作」。以「你」的初次呼聲，象徵首次受寫作的吸引，開始寫作。「你」的出現，則代表作者在寫作過程中有所領悟。「你」的一雙大腳「血跡斑斑」象徵寫作的路程之需辛苦跋涉。

〈抽屜〉一文，寓意也深。作者以朋友掉了一粒衣扣而索針線為引子，拉開抽屜。因朋友對她「雜亂無章」抽屜的驚訝，使她經過一番大清理之後，不能習慣新秩序而恢復原來的「亂中有序」。「那粒冷硬的，突然崩落的衣扣」便象徵一種外界橫插的影響力量。抽屜同時象徵個人的生活，「衣扣」使作者抽屜「由亂而整」，生活的抽屜也同時失去協調，但作者朋友的女兒（相當「衣扣」）卻使她朋友生活的「抽屜」由整而亂，但在亂中得到無限滿足。作者並非強調生活要「亂」，而是要隨心之所之。不過本篇文尾，遺憾的是作者太明顯的強調了抽屜的象徵作用：

十多年來，我在與我底抽屜共處的經驗中，體會了一則更為奇妙的事實：發現我的內心原來藏著更多的、多到幾乎無可限量的抽屜，放置著我與這世界緊密相連的各種愛與同情、挫折與鼓舞、謙卑與敬仰……

這一些「新發現」是應該隱在前幾段之中的。如前文所說，季季喜歡在文尾看似山窮水盡時，來一段警策的收束。如〈號聲〉、〈一天裡的兩件事〉，但有時因刻鏤過度而會產生類此的蛇足，像〈她底背影〉、〈一個雞胸的人〉、〈丟丟銅仔的旅程〉便是。這種習慣發展下去，可慮的是容易產生一式模子的結尾。

〈再見，翁鑼仔〉，十足寫出物競天擇，適者生存的事實，「翁鑼仔」是游牧式賣膏藥的戲班。受電視文明的排擠後，而竟敢到都市中求生，其結果必是鎩羽而歸。作者從聽到喧天價響的播音，而循聲往訪的路途中，插入描寫當地住宅的環境：

我居住的地方，是一處正在大事開發，而又開發得尚不澈底的地區。從某個方向看，只見到一幢幢稜角齊整的公寓，一望無際的伸展著。從低處往口望，那些公寓彷佛一直伸展到和天空毗連的地方。再從另一個方向看，則是許多住過三代同堂的紅磚老屋或陰暗的舊式樓房。新舊的對立是尖銳地呈現著，而這對立有一天如若不再存在時，消失的一方必然是那些年代久遠的老屋。

這一段，便是翁鑼仔命運最好的象徵；果然作者是在「一整排紅磚老屋後」，發現了翁鑼仔。當然作者筆鋒還不止於此。她描繪的筆尖，是指向翁鑼仔可憐可嫌的垂死掙扎。但困獸猶鬥的鏡頭是極戲謔的，所以作者不忍再看下去，「轉身回家」跟題目〈再見，翁鑼仔〉也一語雙關的帶上了它白日依山的命運。

〈她底背影〉是一張照片上女人的背影：「艱苦且落寞的走了許久」是象徵作者自己：

在她走著的那條似乎萬古俱寂的道路上，我每每聽到一種彷佛超乎人間的呼喚，在她底四周繞地旋唱：周而復始，無休無止。

這一句輕輕地綰合到作者身上。〈她底背影〉的背景是「淒冷的冬季之晨」，兩旁楓樹「在風裡搖曳的枝椏，卻彷佛有聲聲嗚咽，低嗚著無奈而悲涼的哀歌」。整個圖片給人第一眼的印象是「天地交融而伊人何往的惆悵」、「充滿了悲劇的震撼和期待」。作者產生這些統一的感覺，固然由於圖片本身的意象，更重要的還是作者「將心比心」的聯想。

作者曾幻想著「她」種種的境遇。而每一種境遇的結局都是淒然的落寞。不論她的遭遇如何，而今：

我和她底背影一樣，仍在一條漫長的生命路上寂寂地朝前走著。雖然每一步，都是艱苦的跨越，但卻從未停止；亦從未想要停止。

這裡，如前文所說，遺憾的是作者特別強調「我從她底背影中體認到的最深刻的領悟乃是：我和她底背影一樣……」破壞了含蓄，也減少了餘味。

〈夢幻樹〉是書中很特殊的一篇。作者與朋友相逢，正好都有一肚子的「苦水」，便邊走邊互相訴苦：「我們埋怨得忘情，神智沮喪、腳步遲緩，也不去辨認走的是哪條路。」「眼前碧油油的春草和如錦的春花也都像是淡成一片灰白，只讓人覺得渾沌茫漠、了無生趣。」走到盡頭，又發生一場人狗相爭的鬧劇。阿山為了維護自己的尊嚴，跟兇犬作了一場精疲力盡的殊死戰。休戰後，兩人朝回頭路走，竟發現路邊有一棵來時不曾看見的大榕樹，使作者疑幻疑真。這篇文章，至少提出了兩點意義：

1. 吐苦水，空埋怨，非但無濟於事，且使人意志消沉，視而不見。阿山與作者來時都不見大榕樹，因為「要埋怨的事情可真多！」這些事遮住了他們的眼睛。所以阿山下著結論說：「所以，不管怎麼樣，低著頭走路總是不好的。」「低頭走路」指的便是「吐苦水」，阿山也能領悟得到。

2. 人生有許多的層次，諸如性格的層次，阿山似倔強而實畏縮的性格與作者不同；尊嚴的層次，阿山對尊嚴的定義與作者不同；對人生理解的層次，阿山知道對事物知道太多反會感到悲哀。此外，阿山還有一些認知的層次，對勇氣所了解的，下了許多不同層次的定義，但這些認知，使阿山看似一個勇者，但經過一場人犬之爭後，揭穿了他知行不能合一的底細，而這種暴露，不但作者發現到了，連阿山自己也感覺出來，並認為作者也已察覺，因而又傷了阿山曾苦苦維護的「尊嚴」。

在面對惡犬時，阿山之驚惶與作者的穩若泰山判然，這其中，又隱伏著背景的不同；阿山曾有一朝被「狗」咬的痛苦經歷，而作者沒有。

一件事的本身有許多面，許多面形成的背後有許多因，這便是層次的由來。作者終於面臨這層理解，心境便豁然開朗。結尾便是撥雲霧而睹青天（見前引文）。

《夜歌》中有幾篇，個人覺得應算是失敗的作品。像〈丟丟銅仔的旅程〉、〈舊衣的聯想〉等。前者內容失之蕪雜，全篇八千餘字，但似無處可圈可點。〈丟丟銅仔〉是一首以火車為內容的臺灣民謠，也是一種鄉間類似賭博的遊戲。作者以乘一趟北淡火車的「旅程」跟〈丟丟銅仔〉的歌詞相配合，又以「我倒發現，許多許多事，都有那麼一點點〈丟丟銅仔〉的味道：擲下去的是一大把，掀出來的也許是個零；或者是比你預期的還要多，還要好。」一段道理綜合賭博遊戲。作意本極別緻，可惜全文，除了這顯然的一點聯繫及明言講出的哲理外，都是一些無關題旨的敘述。在這短暫的旅程中，作者從描寫火車內部到車窗外的蓮、稻穀、〈丟丟銅仔〉歌，乃至下車後進入淡水街上、菜場，都是一連串沉悶的敘述，間以點綴貧乏的對白，實難吸引讀者。到了結尾又勉強加上一點「哲理」：

然而，這旅程終究不是完全的無為。我們畢竟看到、聽到、甚而悟到了些什麼。

「按語」加得很牽強，不能振起文勢。

〈舊衣的聯想〉從一件童年的黃格子洋裝的拆除開始，引出無數「瑣碎而繁複」的聯想。作者很可能想藉這次聯想，發揮一些「突破」哲學：

嬰兒掙脫母體進入這個世界，本身就是一種突破；對母體亦然。自此人的生命就在不斷的突破裡。行動的突破，知識的突破，觀念的突破，或者情感上的突破；肉體上的……我的黃格子洋裝也許該屬於一種行動的突破，然而說它是一種知識的突破也仍然是恰當的。

可惜文中牽扯太多無謂的聯想與文字，振衣而不能挈領，詳目而不能舉綱，難免枝蔓蕪累。

季季的文字是繁縟的。本來，文字的繁簡不成為問題，當繁處則細摹精雕，當簡處亦錙銖必較，本不該以繁簡論工拙。然而因了內容的不同，表現方法的各異，及作者走筆的習慣有別，每人文章繁簡的趨向也各不同。過去中國人寫古文章，多標榜求簡，往往產生不通、晦澀、簡陋的毛病。白話文勃興後，為了使文章更生動、更充實，於是繁筆大受歡迎：開始以細膩的描寫、婉曲的表現、陪襯的寫法代替以前粗略的敘述。但又有人過猶不及，產生繁冗的毛病。季季的散文便是如此。以下從《夜歌》中歸納幾點繁冗的原因。

㈠過度的描繪與說明

如〈舊衣的聯想〉敘及旅行中到了食品脫水工廠：

不記得那是省農會還是農復會辦的工廠，據說那時認為食品脫水大有前途。所謂脫水食品大概就像鄉下人晒的乾菜，只是他們經過機器處理，可以大量生產罷了。我對那個工廠的印象很模糊，只記得吃了一條香蕉乾，看了一些脫水後包在塑膠袋裡的包心菜、高麗菜，而且香蕉乾也不好吃……

這裡有幾點值得討論：參觀食品脫水工廠跟全文扯不上有意義的關聯，就不值得描繪；而記憶既是「不記得」、「印象很模糊」，足證此處不吸引作者，不值得敘述。而唯一的記憶是「吃了一條香蕉乾」，但「香蕉乾也不好吃」，記憶中既是這麼乏味，就不應在這童年唯一愉快的旅程中插入沉悶的氣氛。

〈風景〉中寫到一張「蜘蛛和牠的網」的圖片：

這個網結在一叢綠葉裡，看不出那是什麼樹的葉子。那是什麼樹並不重要，因為蜘蛛是可以在許多地方結網的：樹林裡、花叢間、屋簷下、籬笆上、牆角、桌下……只要有「物」可鋪陳，蜘蛛幾乎無處不可為家。

「那是什麼樹」云云，以下都是「蜘蛛和網」額外失敗的說明。

〈夢幻樹〉中，從作者跟阿山「正不知不覺走至郊野一大片四周圍著塑膠板的空地」以下一大段，及寫至兩隻惡犬冒出後又一段說明「狗見生人」的常性等，都是額外的說明。

(二)聯想太遠，岔出題外

上段所舉〈風景〉中寫蜘蛛網的下一段，接著寫：

據說蜘蛛有很多種類。那些不同的名稱於我而言是「不詳」。通常見到的蜘蛛，大都是灰褐色的，小小的頭顱配著個圓鼓鼓的肚皮。很久以前，我和幾個朋友到指南宮去……

以下便敘述在指南宮見到的蜘蛛，與玻璃墊下的毫無關聯。以下七段分別又寫：談蜘蛛、蜘蛛與蠶的比較、蜘蛛織網的過程、織網的目的。段尾又習慣性的加上一點「哲理」：

也許每個人在其一生中也都在織造一張網。這個網往往是隱形的，有的人稱它為夢幻，有的人稱它為理想，更有的人稱它為武器……

聯想的幅度太大，已岔出「風景」之外，而這些聯想的本身又不夠精彩。同樣是從照片上得到靈感，但〈她底背影〉的結構就比〈風景〉來得嚴謹多了。

〈舊衣的聯想〉從決定要去旅行時，接著便插入一大段敘述父親的「職業」，從旅途看見橄欖樹，又聯想到青橄欖的功用，若此之類，卻占去不少篇幅，使文筆顯得拖沓。

〈號聲〉一文，在寫號聲之前，先寫「夜聲」（單獨看來，倒很像一篇摹聲的口技文章）：

先寫賣麵老人、賣肉粽的中年男人的叫賣，遲歸少女的挨打，尿床孩子的哭叫，嬰兒、野貓、惡犬的吠叫，及人的爭吵。又寫蛙鳴、風聲、竹響。接著綑豬、過磅、算賬聲，馬達三輪聲，殺豬聲。好長一段序曲，才歸到「號聲」。入題實在太晚。之後寫作者循號聲向軍營走過去的路上，見到一些花圃，又開始一大段談花圃在文明社會的功用，與「號聲」全然無涉。

〈丟丟銅仔的旅程〉也有不少這種例子。如在火車上，從菜園到蓮，從蓮的姿態到蓮的根莖、蓮子、蓮葉的功用，又提到朱自清的〈荷塘月色〉，諸如此類，會使人有「絲瓜纏到茄子架上」的感覺。

㈢橫加理論

散文固然要表現作者的思想，但思想要隱在字裡行間，由讀者去挖掘。在行文中，橫插入理論，不但破壞了氣氛，也不易收到說理的效果。如〈一個雞胸的人〉寫作者每年都要回鄉幾次，寫回家之樂時便插入一段談回顧的理論：

> 曾經有人說：一個人到了喜歡回顧過去的年齡，必已是對未來無所寄望了。我卻不以為這樣的看法是絕對的；雖不敢全然的否定，卻也不敢全然的苟同……

又如〈夢幻樹〉中寫及阿山的「勇氣」已暴露無遺時：

> 這彷彿有點兒悲哀吧？在人前堆砌得完美無瑕的空中樓閣瞬間崩塌了；在人前護得緊緊的一點兒尊嚴，被人無心道破了，為人的窘狀，也莫過如此吧？

前者理論不夠堅定，難以說服讀者，後者明言說出，已破壞原來由事實自己呈現的含蓄。

此外，〈丟丟銅仔的旅程〉中，行至中山北路一段時，也加入兩段「已知事實」與「新知事實」印證的理論跟悲傷，亦嫌蛇足。

文字繁簡適度的原則是「增之一分則太長，減之一分則太短」，但做起來卻不容易。個人以為要訓練文字繁簡適度，要先求簡而後求繁，在季季的散文中，許多地方如能簡化，必然更有回味餘地。如〈再見，翁鑼仔〉中：「那晚我發現翁鑼仔的黃金時代似乎已將過去了。許多村人們都躲在家裡看電視」、「那種賣藝人特有的純樸、詼諧、動人的品質，在他們來到城市時，竟已蕩然無存了」、「他們實在不該來向城裡人挑戰的」等等，都不必明言說出，前邊以「公寓」之取代平房，已點出，而通篇前後對翁鑼仔的掙扎及結尾、文題在在都點出這層意思了。

在繁簡之外，季季的文字還有很特別的地方，她能製造凝鍊的長句子，如〈一個雞胸的人〉：「他只是堅韌地生活著，把他生命裡的崢嶸高山、澎湃大河，全都無所畏懼的默然承擔下來。」承接著前邊「背上揹負著一座山，胸前又盤據著一座山！二山之間，該是怎樣哭號的大河啊?」的象徵，而先前對他的感情是憐，爾後的感情是「敬」，不但連接無縫，感情轉變又自然。又如同頁寫回鄉：「有時只是毫無目的的在大街小巷中流連徘徊，看看那舊市鎮的臉孔變了多少：是否加添了一些老舊的皺紋?是否經歷了新潮流的整容?」又〈她底背影〉：「秋天她搬來時，路旁的楓葉尚燒得一樹又一樹的火艷，而今冬季底寒冷已然潑熄了它們。」修辭手法中的轉化手法，擬物為人，擬物為物，虛實相映，運用自如。

季季的長句子是很多的，如〈存心忍耐〉中：

而我之所以有這樣的掙扎，很單純而自私的理由只是害怕完全失去了內心中那個渴求寧靜的我。

只有夜深時分，四周寂寂之中，那個寧靜的我才越過塵世的紛亂，自黑暗中緩緩歸向我，漸次在我內心唱出鼓舞的音符，且滋生出有如泉湧的力量。

諸如此類的長句子塑造慣了，便容易產生拗口的句子，如〈一個雞胸的人〉：「他的長而深黑的頭髮，一根根零亂地豎立著；充滿了一種無可奈何因而十分任性的肅殺之氣。」又〈存心忍耐〉：「在他給予吾人的諸多教誨和恩澤中，我自他那裡領受的最後的教誨和恩澤，竟是在他離去不及一小時之際，親身應驗了他生前的話……」而同篇之中如：「自那奇異底閃光越過了大地，寂寂無聲地宣告了吾人底浩劫之後，吾人皆在震撼和哀慟之中：

迄未休止；亦不知何日始可休止！」竟是不文不白的句子了。因之，〈存心忍耐〉一文，是全書文字讀來較不順口的一篇。

回頭來看〈抽屜〉、〈我的鼻子〉及〈一天裡的兩件事〉，又文從字順得很。文字只是達意的工具，大體而言，凝鍊警策的句子震撼力強，但詰詘聱牙的文字不值得去練習。而對一個有靈性的作者如季季而言，要在文字上用心去塑造更完美的形式，決非難事。

（六十六年一月《中華文藝》月刊）

評季季〈你底呼聲〉

〈你底呼聲〉應是季季散文集《夜歌》中最出色的。不僅在內容的意義上，代表作者在夜間寫作的歷史，同時，它放在篇首，正籠罩了書名的意義：「夜歌」。在語言文字的運用上，也沒有作者通常繁縟的毛病，竟表現出很高的稠密度。而全篇以「你」做中心象徵，以「大腳」、聲音等，作附屬象徵，在全書中尤其顯得突兀而崢嶸；以下便以此為中心探討本篇。

作者十六、七歲便認識「你」，呼喚著她，而「你」的存在，若有似無。作者便開始在人生的每一角落搜尋「你」底影像，這種情愫，宛如一種戀愛。而有一夜，作者果然見著了「你」，卻只見「你」一雙血跡斑斑的大腳。在「你」給作者一番指點後又歸消失。鏡頭便又回轉到原先的開場：「你」底呼聲仍然響起，呼喚著她。

作為中心象徵的「你」，便是指「寫作」這件事，從全文中作者並未曾點破，但在第二段開頭：「我開始在紙上描繪你」，「紙上」便是關鍵所在。而「你」的呼聲及「形體」之出現，都是在夜晚，跟作者的寫作情況相吻合。全文如再配合作者的身世，則蛛絲馬跡便豁然開朗了！

「寫作」這件事，是一種抽象的事實，「寫作」對作者的吸引，也是一種看不見的力量，「呼聲」便代表這種力量。

從作者寫作年表中，知作者的確從十六、七歲開始寫作，在夜裡「初識你」，正是寫作之初次吸引她：

如黃昏掠過天空的雁唳；清晰而幽揚。

但那時作者還摸不清寫作真正的定義與方向，所以：

我看不清你底臉；你底臉一直如晨間的遊霧，是一彷彿存在、卻又模糊的幻象。

寫作之於她，似是「命定」的：

一種像是命定的感動，緩緩在我內心昇起。

作者描述身受寫作的吸引，似乎是身不由己的。而「吸引」的本身太抽象，難描摹，於是藉著聲音與形象來代表：「長遠的呼聲」與「一抹灰白的微光」。而聲音與形象之間又有所不同：聲音永恆地喚召著她。形象卻是不穩定的！

我睜大眼睛，望向更深更遠的黑夜，在其中尋到一抹灰白的微光。風狂烈的吹著，那抹微光忽東忽西、忽南忽北地擺動，然而它卻始終不熄，始終堅持著它底燃燒……當風終於靜止時，那抹微光的光燄，忽而昇高；昇至深藍的天空，在天地之間，昂然地燃燒著。

寫作對她的吸引力是新奇的，但力量像一抹微光一般，幾乎經不住風的吹撼，然而它終於經過一場試鍊，「風」終於靜止，「微光」終於「昂然」起來。「寫作」的根已深入作者的心中：

我恍惚被你底呼聲催眠，在一種莊嚴的喜悅中入睡。那是少女底初戀；在夢中，她尚呢喃著一種莊嚴的夢想。

把初嘗寫作比成「少女底初戀」。之後便開始「恆久的戀愛」。「我開始在紙上描繪你。」便開始了寫作：「在我走過的人生的每一角落，搜尋你底影象」，開始從每一個角落找尋題材，開始摸索寫作真正的路：

無數次我請求你從隱藏的幕後走出，無數次你只報答我那堅韌而神秘底呼聲。空無所有中，你底呼聲卻更高昂，更堅韌，更不可動搖。你底呼聲，變成了我生命中的一種秘密的狂喜。

在人生路上經歷過顛躓後，作者卻更堅定寫作的路子：參看作者後記中所言：「對我來說，創作雖然無比艱辛，但卻永遠珍貴可喜。」可以互相印證。

今夜你底呼聲卻似略有不同，是濁重而低沉的一種喚吟。

這一段開始有了轉折，也是使全文更深刻的地方：作者對寫作有更進一步的領悟：

我狂奔而出，穿過一條長長的、陰暗的迴廊，來到寬闊、陰涼如一石室的院落之前。園門開啟的剎那，我聽到一種蒼涼、破落的嘎吱之聲，餘音裊繞，久久不息。

這裡仍然用聲音與形象來象徵：初識「你底呼聲」的聲音是「清晰而幽揚」的，但今夜卻是「濁重而低沉」的。園門開啟的聲音也是「蒼涼、破落」的，都代表歷盡滄桑之後成熟的聲音。在形象上，作者「穿過一條長長的、陰暗的迴廊」而來到「寬闊、陰涼如一石室的院落之前」，前者是摸索時的狹窄，後者是開悟後的寬闊——但仍不是海闊天空：仍然如「石室」、「院落」。

你立在園門之前，沉默如一石像。在黑夜底天光之下，我望向你底身後，只見一條蜿蜒的長路，一直通向天涯的盡頭。

在初見到「你」時，作者便見到「你」的身後是一條無窮盡的路，便象徵寫作的路無終點。

初見你底影象的今夜，我已是母親，已是無夢復無熱情的少婦。

這一段配合著後文「你」給作者的啟示，再配合著書後附載的〈季季的昨日、今日與明日〉訪問文互相印證：

季季認為民國六十年以後，她的作品有了較大的轉變。那時，她已脫離了婚姻生活，再度清醒而回到獨立的自我。生活把她訓練得對許多事情的看法不再像以前那樣單純了。她會想到問題有許多面，許多面的後面又有許多複雜的因素，許多複雜的因素後面又有不同的結果。

「無夢復無熱情的少婦」指的便是脫離婚姻生活之後。「初見你底影象」顯然就在這個時期，而「生活把她訓練得」思慮更廣更深：「她會想到問題有許多面」，便是要廣；「許多面的後面又有許多複雜的因素、結果」，便是要深。這，我們也可以在「初見你」的對話中找到印證：

我們攜手入屋。在燈光之下，我駭異地發現，你底雙足裸露，血跡斑斑。你說你從那天涯的盡頭涉足而來，越過高山大河，穿過荊棘和墳場。

這一段附屬象徵便是指寫作過程之艱辛，如同要「越過高山大河，穿過荊棘和墳場」。所以「你」彷彿留下一則箴言：

仔細的看，有一天妳底雙足亦當如是。

已明白揭示作者未來寫作的路。

當我的眼睛向上移，要看清你底臉時，你底臉竟是不存在的，甚至你的身子亦已消失。我看到的，只是你那雙血跡斑斑的大腳……

作者看不見「你」的臉，便隱喻尚未十分掌握寫作的內涵。「你」告訴她：

要能包容一切，

要用所有妳知道的色澤描繪我。

還要懂得過濾和層次，不要同時把所有的色澤都塗在我臉上。

前者「包容一切」指的是寫作的廣度；後者要「過濾和層次」指的是寫作的深度，這正可以跟前文所提到的「深、廣」印證。

季季寫作一向不仗恃理論，全靠自己摸索領悟而得。這幾句話可以說是她領悟後的結論，正可以代表她的文學觀。而「你」的形象如能真正描繪出，那麼便達到了寫作的極致。根據領悟所得，作者似自問自答的說：

這樣就能描繪一個完整的你的形象嗎？

總有一天妳會的。

作為一篇完整的文章，「你」的形象始終不曾完整的出現過，而「總有一天妳會的」，到結尾仍未寫出「會」的結果。如果作者不是用「你」象徵寫作，這篇作品便很失敗，沒有點出結果。但唯其「你」是寫作，寫作的真正面目，也許夠任何作家捉摸一生，而「你」仍留下一臉的曖昧，此篇便有了最具餘味的收束。

作者使用許多附屬象徵是很成功的，像以「大腳」之「如石塊之堅硬」象徵寫作之「任重」，而要「越過高山大河，穿過荊棘和墳場」是象徵寫作之「道遠」。然而，也有一些甚費疑猜之處，如「你」要離去時：

你那血跡斑斑的大腳開始緩緩的移動，移至牆角，攀登而上，在那灰白的牆壁之上，是一幅鑲著鏡框的風景畫：綠油油的原野，開遍艷紅嫩黃的玫瑰花。你底大腳穿透那鏡框，掩蓋了那綠野和玫瑰花。於是你底大腳，如今鑲嵌於那鏡框之內：如一則箴言。

鏡框上的風景畫：「綠油油的原野，開遍艷紅嫩黃的玫瑰花」色澤非常鮮艷，「大腳」穿透那鏡框，如果是意指寫作該走進自然，但又何以說「掩蓋」了那綠野和玫瑰花？如側重在「掩蓋」上著眼，則文意似是指寫作要落盡鉛華，歸真返璞？

其次，「大腳」走進「鏡框」後，竟「已然物化為一玉石」。玉石本質堅硬永存。可以象徵寫作的生命能達到像玉石那樣不可磨滅的永生。然而既如此，作者又何必「我放聲大哭，哭你底物化」呢？

顯然，「物化」是值得悲悼的。然而，寫作本身是有生命的，從前文作者肯定出「總有一天妳會的」已隱喻了成功在望；事實上，成功的作品也是會永生的，此處用物化來寫「大腳」的結局，似也破壞主題的統一了。

〈你底呼聲〉用了象徵手法，以實擬虛。而其中，有許多似實而虛的地方，增添許多韻致，如：

我靜靜坐著，傾聽你底呼喚。無數的雁陣掠過，無數清晰而幽揚的聲音包圍著我……

我狂奔而出，穿過一條長長的、陰暗的迴廊，來到寬闊、陰涼如一石室的院落之前……

諸如此類，不勝枚舉，都能搖曳生姿。

〈你底呼聲〉的結構在《夜歌》也是極少見的，它架構完整，無贅疣之處，而首段「一種像是命定的感動，緩緩在我內心昇起」，跟末段「這是我們命定的情緣，不能抗拒，亦無從逃避」首尾呼應。同樣，首段「你在黑暗中呼喚我底名字，如黃昏掠過天空的雁唳；清晰而幽揚」跟末段「而你底呼聲，卻於此時再度昇起，一如我初識你底那夜；一如黃昏掠過天空的雁唳，清晰而幽揚」也遙相呼應。在這之間，首段「你的長遠的呼聲，卻是一組永恆的音符」及末段「是天地間唯一永恆旋繞的樂曲」不但在形式上前後呼應，在意義上且貫穿全文的主旨。諸如此類，都使本文更加生色。

（六十五年十一月《文壇》月刊）

談琦君散文

潘琦君的散文，無論寫人、寫事、寫物，都在平常無奇中含蘊至理，在清淡樸實中見出秀美；她的散文，不是濃妝艷抹的豪華貴婦，也不是粗服亂頭的村俚美女；而是秀外慧中的大家閨秀。

一

琦君自從民國四十三年第一本散文小說合集《琴心》誕生以來，至今已出版了六本散文集；其中《琴心》絕版後，目前書肆甚至圖書館都已不易找著，是件很遺憾的事；而《溪邊瑣語》於五十一年初版，目前不但絕版，且也不見錄於琦君自訂的「寫作年表」中；不知作者何以忍心割愛？此外，她的另四本散文集：《煙愁》、《琦君小品》、《紅紗燈》、《三更有夢書當枕》，目前正流行於書肆。其中《煙愁》裡有四篇取自《琴心》，兩篇取自小說集《菁姐》，而《溪邊瑣語》也部分收入《紅紗燈》的「第二、三輯」中：所以《琴》、《溪》二書雖成〈廣陵散〉，而讀者仍可嚐鼎於一臠。

不雕琢、不粉飾，文筆如行雲流水，舒放自然；便是琦君文字的特色。羅家倫先生在《菁姐》序中說：「文字清麗雅潔，委婉多姿。寫風景有詩意，寫動作頗細膩，寫人物頗富於溫柔敦厚的人情味」，實已道出她文字的優點。

在琦君的散文集中，寫得最出色的是懷舊文，其次是生活感想。至於雜談及遊記，都在前兩者相形之下被壓下去了。懷舊文都是回憶作者早年的生活，不論寫人、寫物、寫事，都把讀者牽引到文中的時代，與她共享快樂的回憶。這其中，最出色的又算記人了。文字表達人物，最高的境界便是使人物「栩栩如在目前」，琦君便有這種本領；像她寫外祖父的篇章：〈外祖父的白鬍鬚〉（《琦君小品》——以下簡稱《小品》）、〈紅紗燈〉（《紅紗燈》——以下簡稱《紅》）、〈外公〉（《三更有夢書當枕》——以下簡稱《三》）活畫出一位快樂的人間神仙來。又如寫阿榮伯的：〈第一雙高跟鞋〉（《紅》）、〈阿榮伯伯〉（《煙愁》——以下簡稱《煙》）更刻劃出一位平凡的好人來。在懷念老師的文章中，如〈聖誕夜〉（《煙》），直使讀者感動得泫然欲涕，〈一生一代一雙人〉（《煙》）、〈啟蒙師〉（《煙》）、〈不見是見見亦無見〉（《煙》），更描繪出兩位截然不同典型風範的老師來。在琦君集子中最傳奇的人物，那乞丐頭子——〈三劃阿王〉（《煙》）的筆觸，也細膩得叫人喝采。

在作者筆下的這些古老人物，都給讀者極深刻的印象，本來極難軒輊其高低，但個人覺得，其中以寫父、母及姨娘的形象最鮮明，他們的三角微妙關係最凸出。琦君描寫母親的篇章極多，但寫父親，著墨很少，卻有點睛之妙；其中〈油鼻子與父親的旱煙管〉《煙》，俏皮中帶著傷感，可為代表作。

作者記載遷臺以後的生活，不論記人記事，風味已與前者不同，無以名之，所以稱為生活感想。在人物上，作者已大為縮小範圍，把焦點擺在丈夫、兒子身上。記丈夫的如：〈我的那一半〉《三》、〈秋扇〉《煙》可為代表，記兒子的極多，如：〈楠兒〉《小品》、〈聖誕老公公〉《小品》、〈孩子快長大〉、〈孩子慢慢長〉《紅》、〈孩子的生日〉《小品》、〈楠兒住校後〉《三》等，都是「感情的結晶」之文。

除了記人，琦君也開始記小動物；貓和狗便成了她作品的第二重心。個人覺得，〈家有醜貓〉《三》可以算代表作。其他記載身邊瑣事的如：〈休假記〉《煙》、〈倒賬〉《煙》、〈失眠〉《煙》、〈風箏〉《煙》、〈秋扇〉《煙》、〈老花眼鏡〉《煙》、〈課子記〉《煙》、〈照片〉《三》等，皆是佼佼之作。在《溪邊瑣語》，錢劍秋先生序中的一段話，很可以說明它們的成功處：「身邊瑣事，隨手拈來，都成錦繡文章，放手寫去，全是快人快語。其中最可貴的是一片醇厚的意境，躍然紙上。這說明了作者敦厚的個性，終無驕矜作態之處。」

琦君的雜談文章，除了《溪邊瑣語》專輯外，便是收在《紅紗燈》二、三輯及《琦君小品》的「燈下瑣談」數則。其中如：〈溫柔敦厚〉、〈談含蓄〉、〈順乎自然〉等篇，都見出作者「文如其人」、「文章見解」合一之處。但個人以為，這種性質的文章最好仍像《溪邊瑣語》一樣單獨成集，不但能避免與以情取勝的懷舊文相形而見絀，且能建立作者另一種文體的風味。

琦君寫作，如能「情有所鍾」，則文章必可動人，所以她的懷舊文章，旁人不易學步。倒是她的遊記文就顯得平板多了。這兩種文章並讀，就像剛喝過一杯釅茶，再喝白開水，口中不斷回味的還是那茶的餘馨。所以，作者的遊記文也以單獨結集出版較好。

以這種角度看來，在琦君的散文集中，《煙愁》及《三更有夢書當枕》在內容上要算是最醇、最精華的了。

二

琦君的散文，有許多人物會一再的出現，但讀者不厭其「煩」，這是因為人物本身雖重現，但人物的事件不重複（除了寫啟蒙老師有極少數的重複外），例如〈楊梅〉（《煙》）與〈一朵小梅花〉（《小品》），同是寫父母間微妙的感情，但各以「楊梅」及「小梅花」為引子，從父親對母親的冷落，寫到父親晚年對母親的歉疚。單看完一篇，會覺得已數說完畢，等看起下一篇時，卻又見柳暗花明之姿。因此，讀者可以從各個角度去看書中的人物。最後，把這些人物配合起來，又是極統一完整的形象。這一點，很使人聯想到司馬遷傳人物尤擅此法；寫項羽的豪傑氣概，不但要看〈項羽本紀〉，還要從〈漢高祖本紀〉中見堂奧；寫張良的足智多謀，不僅要讀〈留侯世家〉，也要讀〈高祖本紀〉來補充。當然，《史記》是一部大部頭書，其結構的完整自不待言。而琦君的散文，相信在她長久寫作過程中，原無心做這種浩大的工程構圖，但經長期自然醞釀的結果，卻能有這麼美好的安排。我們可以說，讀她的單篇散文，像從一粒砂中看她的世界，而配合各篇一起讀，便是觀察她的宇宙了。

這種效果，表現在琦君寫母親時最為成功：〈毛衣〉(《煙》)是紀念母親的節儉；〈母親新婚時〉(《三》)是寫母親的愛情；〈母親那個時代〉(《紅》)是寫母親的勤勞；〈母親的偏方〉(《紅》)寫母親的幹練；〈一朵小梅花〉(《小品》)、〈髻〉(《紅》)寫母親的幽怨。除了這些專文外，在其他主題的散文中，也給母親來一些側寫；像〈阿榮伯伯〉(《煙》)寫母親之善待長工；〈三劃阿王〉(《煙》)寫母親的慈悲為懷；〈母親母親〉(《三》)寫母親溫而厲的教育方法等等，不勝枚舉。讀者可以配合許多片段，塑造出一個具備三從四德的舊式婦女。也可以從任何角度去肯定她許多勤勞、節儉、容忍、慈悲、寬懷的美德。

三

琦君的散文所以這麼好，個人覺得她具備了幾點很重要的因素。以下試為分析。

㈠敏銳的感受力

寫作小說，觀察力也許重於感受力，但寫作散文，敏銳的感受力則是充分必要條件。因為寫作散文，以表情達意為主，言事說理其次。既然是千言萬語一片心，那麼便不可沒有一顆敏感的心來感受世事的變化。琦君身為女人，本就具備女人所特有的細緻敏感，加以自小生活在舊式大家庭中，接受姨娘給她的精神壓力，更增長了她心靈的觸覺。

㈡真摯的情人眼及大家閨秀的風範

梁啟超嘗自詡「筆端常帶感情」，這話也很適用在琦君身上。她的慈悲之心，半得自天生，半得自母親陶誨。兒時就表現了見禽畜觳觫而遠庖廚之心，長大後更表現了容人的大家閨秀風度。她有一顆誠懇的心，所以，以她「官家小姐」的身分，才會跟三劃阿王那種乞丐頭結了忘年之交，才會把壓歲錢捐給不爭氣的肫肝叔叔，才會把鏈子裡的錢掏出來替一位小氣的親戚補賬；因為她的愛心重，所以第一篇散文〈金盒子〉(《煙》)寫手足之情就那麼感人。

我們也可以從琦君的散文中，看她處在父、母、姨娘的三角當中，如何自處？在她童年時代，一個丈夫擁有三妻六妾本不足怪，但她這位姨娘非比尋常；她來自享樂世界、富貴十足、氣燄高昂，跟勤勞節儉的作者母親「大太太」的作風大相逕庭。這位姨娘顯然有喧賓奪主的氣勢，而且整個奪走了作者父親的心。這對一個深愛著丈夫的妻子而言，不能不是個嚴重的打擊。為了她，作者的母親受盡了委屈；而姨娘因未能生子育女，對琦君也甚懷恨於心。這樣一位姨娘，其尖刻是可想而知的。但在她的筆下，無一字透出恨怨之意。姨娘的尖刻，在琦君的小說〈阿玉〉(《菁姐》)中，可見其梗概。散文是心靈的直抒，小說則是寄託寓言於故事。而琦君在散文中，不但不怨恨這位姨娘，而且在〈鮮牛奶的故事〉(《煙》)及〈髻〉(《紅》)文中還寫出對姨娘由生疏而相依為命，由怕而愛的情感。因為她了解姨娘的個性，原諒她過去的氣勢，同情她的晚年，充分表現作者寬懷的心胸。

但琦君也不是個天生「沒脾氣」的人，她也會因事務的拂逆而心煩，因車掌、護士的無禮而生氣。但總因她的愛心比別人重，所以，她遇見售票女人的惡言相向時，始則以怒，繼則以恕；上公保乘電梯時，受守門小姐的白眼惡言，也忍不住回頂數句，但立刻，她又會為別人成天的枯燥工作而消氣而原諒別人，甚至責怪自己。因為她有這種退一步海闊天空的仁愛心腸，所以她表現在散文中的結構才有轉折：如〈倒賬〉《煙》）始則以怨，終則以慰。沒有這一層轉變，〈倒賬〉便是一篇很「洩氣」的文章。

琦君早年經歷戰亂家變，工作經驗也極豐富，她並不是沒有經受過苦難，不是沒有見過世界醜陋的一面，但她習慣以愛心看世界，多看美的、善的一面；表現在文字上的也如此。以她過去在法院工作的經歷，有許多小說題材垂手可得，但她只寫了一部分小說。個人覺得她的散文確比小說好，這一方面是小說不但技巧多方，而且作者本身要冷靜客觀，而琦君本心慈悲，實更適宜寫作散文。

大概琦君本人也一直努力追求溫柔敦厚的修養，所以她談人論事，不喜言人是非，評人長短。在《三》書前言中，她也引朱子的〈觀書有感〉詩句「天光雲影」的境界為目標，「源頭活水」的生氣以自勵。我們看她這一層長處，這一種境地，實是真積力久而至，其成功，既得力於素養，也關係於本質，「氣之清濁有體」，實非一般人讀書努力可力強而至的。

㈢豐富的舊經驗

琦君自幼生長在大家庭中，她是鄉村裡少有的「官家小姐」，父親雖然做了「大官」，母親卻仍節儉持家。她的身邊除了父母、老師，還有叔叔、長工，及一些鄉村人物。後來又來了一位姨娘。這些人，有的愛她、有的管她、有的逗她，許多屬於那個鄉村所獨有，她的家庭所獨有，甚至琦君自己所獨有的生活經驗，都是一宗「金不換」的豐富財產。而不論愛或憎，琦君是活在感情中的，許多感人的事，發生在她身邊，使她雖經數十年而歷歷如在目前。從她作品中寫作的範圍來看，早年的回憶錄既多又好，足見那些事情給她的感受之深。這一宗寶貴的財產，決非時下生長在臺灣的青年作家所能享受所能望塵。琦君能把曾經感動她的，用筆再來感動讀者，真是一項智舉。

(四)迅捷的聯想力與判斷力

聯想力高，寫作散文才能左右逢源，文章本身也會生動活潑。琦君因為「舊事填膺」，又有極高的聯想力，往往捕捉住一個題目後，便能左右開弓，向舊事探源。所以她的文章中，不乏新舊並敘的例子，像〈母親母親〉(《三》)、〈媽媽的手〉(《三》)，由自己做母親的辛苦，憶起母親的劬勞；〈憂愁風雨〉(《小品》)從自己面臨颱風寫到小時颱風時自己「風雨不動安如山」的情形；其中以〈下雨天真好〉(《紅》)、〈照片〉(《三》)的新舊交融，及〈風箏〉(《煙》)憶起阿多叔，和〈我家龍子〉(《三》)由家裡的聾子貓寫到自己的龍子——兒子等篇最為膾炙人口。

有了豐富的舊經驗，又有迅捷的聯想力，則操筆時，思路如源泉滾滾，不擇地皆可出。

這時，如果沒有高明的判斷選擇力，文章作出來便是一盤亂雜燴。張秀亞女士在〈煙愁〉（五十二年十二月三十一日〈中副〉）一文中曾言：「自生命中提煉出來的就是最好的文章」。要從生命中提煉，必需冥冥中有判斷力，去蕪存菁，在精華中，還要選擇適宜的材料，排比成美麗的七巧板。前面所說，琦君寫作事件不會重複，便是善於把握題旨，寫〈楊梅〉時，不採用〈一朵小梅花〉的材料。類此，便非有判斷力不可。

(五)純熟的文字技巧

駕馭文字的能力，是寫作任何文章都要具備的條件，本不必贅言，而前邊，我們也已提及琦君文字的成功處。但此處，我們強調琦君的文字力高，卻是從中國舊文學中脫胎而出的。即使在目前，我們仍可看見有些大學中文系教授，極少寫白話文，一旦寫將起來，又是全然的三十年代風味。這似乎就像早年纏足解禁時，婦女纏了一半的腳再放開來，骨骼已經歪曲了。但琦君不然，她從小受嚴師教育古文，大學時又主修古典詩詞。相信這是她寫作的最紮實根基。所以她的第一篇散文〈金盒子〉便是上乘的白話文。這便是習古文詩詞能入乎其內又出乎其外了。個人一直堅信要寫好白話文，必得以中國舊文學做根基，兩者可以相輔相成，相得益彰的。中國新文學的歷史尚短，而舊文學的寶藏無窮，能加以開發利用的人實在太少，不能不說是一項遺憾！也因此，琦君更顯得難能可貴了。

四

對於最偉大的聖人，我們也不免會有求全責備之心；對於許多我們滿意、偏愛的文章，有時也不免會有雞蛋裡挑骨頭的毛病。對琦君的散文，有時個人也會挑來挑去，想挑掉一些地方，也許它會更緊湊些。有許多作者撫今追昔的文章，在她歷歷敘寫往事時，那層深深的感慨，已款款地打動了讀者，所以作者本身似乎不必再加以詮釋了；像〈楊梅〉中說：

我常為母親的多叮嚀而感到厭煩，無知的童子，竟以為一輩子都會在母親的愛撫下享受著幸福呢！

又如〈晒晒暖〉（《煙》）的結尾：

可是歲月不待人，一轉眼間，父親鬢邊添了星星白髮，我也長大了。戰亂中流離轉徙，沒有一個冬天能夠在故鄉過著晒晒暖的安閒日子。如今呢？更不必說了……

又如〈三劃阿王〉的尾巴：

我現在常常記起三劃阿王那一副與艱苦疲病饑寒掙扎的頑強神態，我更聽見了他充滿感傷與熱情的語音……

若此之類，作者似乎習慣在文尾述說感情，其實有許多感情是寄託在敘事中，作者再跳出來補充說明反變成畫蛇添足了。這個小毛病，甚至在最精彩的〈髻〉文中也不免，例如：

人世間，什麼是愛，什麼是恨呢？

又結尾也可以割愛：

這個世界，究竟有什麼是永久的，又有什麼是值得認真的呢？

對於散文，一向有兩種看法：一種是要求燦爛絢麗，一種是樸素醇厚；前者較偏重文字的華艷，感情的奔放；後者則重文字的樸質，感情的蘊藉。不過個人卻常想，兩者難道永遠水火不容嗎？一個人，有濃妝艷抹的時候，也有歸真返樸的時間，但也可以折衷，蛾眉淡掃，半分天生麗質，半分人工點綴豈不也是文質彬彬？散文在內容上已具有高水準，文字上是否還能更求巧妙呢？文情並茂，不正是《昭明文選》經得起考驗的事實嗎？

琦君的散文，往往情勝於文，所以凡是有情之文必佳；但寫景、記遊就會比較平順板滯了；個人覺得她具有深厚的古文學基礎，文字上要求更典麗絕非難事；如果那樣，也許又是另一番面貌，只是作者不知有無興趣做另一番嘗試？

（六十五年三月《文壇》月刊）

評劉靜娟散文

劉靜娟已經出版了四本書，其中除《追尋》是短篇小說集外，其他三本都是散文集。《載走的和載不走的》所收的，是作者開始發表文章一、兩年內的作品，完全是她少女時代的產品。《響自小徑那頭》，則是她由少女時代到結婚、生子，三個階段的作品。《心底有根絃》則是撫養兒子之後的作品。這次評文，原先只打算評《響自小徑那頭》（以下簡稱《響》書），但讀完後，意猶未盡，又讀了《心底有根絃》（以下簡稱《心》書）。兩本都讀完後，又覺得不如對作者的散文做個總評。於是遍尋書肆，就是買不到《載走的和載不走的》，學校圖書館因翻修屋頂而停止借書，中央圖書館雖有收藏，但去了兩次，卻早已座無虛席，站著看了一半，既不能全心閱讀，又不便作筆記，加以交稿時間又快到了，只好作罷而返。不能對劉靜娟的散文作個完整點的讀後「報告」，真是我個人的遺憾。

從《載走的和載不走的》少女寫實，到《響》書的過渡時期，以至於《心》書的少婦階段。作者一直保持著一貫輕盈娟秀的風格。但因生活本身的改變，仍可看出，第一本集子《載》書中的文字，正如童尚經「序」中所說：「靈秀、雋美、俏皮而清純」、「朝氣十足，而深度也許不夠」。童先生所指出的優點，在《響》書中，仍然保持著，而在內容上，作者已能從平凡的事物中，抓住較深刻的內涵了，這實在是一個可喜的進步。到了《心》書，作者雖然仍保持著比一般婦女更多一些的「赤子之心」，但無疑的，因為她生活內容的改變——由少女、新婚而少婦，使她必須面對真正的家庭生活，而逐漸成熟了。所以，在字裡行間，已抹去了《響》書，尤其是《載》書中許多可愛的俏皮了；像《載》書中許多捧著雞毛當令箭的「大驚小怪」，《響》書中許多「神經質」的心理，《心》書中幾乎絕跡了。在內容上，由中學同學、朋友、家庭姐妹、親戚、做事的同事、室友，到了《心》書，也差不多濃縮到小家庭中的特寫了。以下，就《響》、《心》二書，來談談它們的特色。

一、乾淨俐落的白話文字

朱自清曾在〈理想的白話文〉中，揭櫫理想的白話文須「洗鍊」而「上口」。雖然時至今日，白話文吸收了更多文言成分，而更見洗鍊。但並不因此便否定了朱先生所定的這兩個標準。文言、白話之間，仍是涇渭有別。以朱先生的尺度衡諸劉靜娟的散文，它便是很純而洗鍊的白話文。她的「白話」特色是質樸無華，甚至題目，像〈吃飯！吃飯！〉、〈黃毛與我〉、〈從明天起〉、〈初為人母〉（以上《響》書），〈打毛衣記〉、〈公車世界〉、〈生活〉（以上《心》書）等題目，都給人很「實」的感覺。〈老人家的選擇〉（《響》書）內容活潑，生趣盎然，〈閒情〉、〈居於鄉下的〉（《響》書）寫悠然之情，〈一些呢喃〉（《響》書）、〈離思、離絮〉（《心》書）寫蘊藉之情，但作者標出的題目卻給人以「拙」的感覺。〈世界不再朦朧〉、〈歌聲與笑聲串起來的〉（《響》書）、〈兩卡車之外〉（《心》書），跟它們的內容相襯，給人以「淡」的感覺。當然，不故意以驚人之題來吸引讀者，更說明了作者的坦誠實在。題目本身既不典麗，也不做作，像只是給文章按上了姓名一樣，便是作者命題的風格吧。而此處要特別一提的，倒是像〈響自小徑那頭〉（《響》書）及〈心底有根絃〉（《心》書）那樣，題目本身已別有風味，又與內容配合得天衣無縫，就顯得寓意深遠，餘韻無窮了，這種題目，是可以用心多造的。

劉靜娟的這種文筆，給人以極乾淨俐落的感覺，也是作者以意運筆的成果。在她少女時代的作品中，因為她本質的天真未鑿，跟個性的俏皮活潑，使她的文字顯得生動剔透。其文字表現俏皮、天真、可愛的代表作是〈黃毛與我〉（《響》書）。這篇文章所以成功，是因作者的這種白話文章，最適於白描，而本文中所描寫兩個人的個性、事件，都像是作者那種俏皮個性的「錄影」。她把一份很醇厚、很真摯的室友交誼，在笑聲中表達出來，很自然地「水到渠成」了。作者這種風格，在她描寫新婚時，仍時有所見：〈歌聲與笑聲串起來的〉及〈那份作戰計劃〉（《響》書）便是代表作。就作者這點長處而言，《響》書比《心》書要來得多，要可貴些。

二、坦誠率然的全面白描

有些人寫散文，有的是為了個人因素，不喜做全面的「告白」，有的是為了文章本身氣氛的烘托而多方斟酌。所以，往往只寫出作者真正經歷感受的某一部分，劉靜娟在這方面則顯得開放得很。所以，她記錄自己的經歷，好的、壞的、美的、醜的、可佩的、可笑的，只要合於題目，她都收了進去。這使她的散文，雖然寫的只是小家庭、小人物身邊的瑣事，但仍不失其大方開朗的氣象。相信這一點，必是基因於作者具有坦誠的個性與開朗的心胸。像〈響自小徑那頭〉寫戀愛到婚後兩年的高雅情調，〈歌聲與笑聲串起來的〉寫新婚的幸福，都有不掩的滿足。在〈一些呢喃〉（《響》書）中也禁不住對自己聰明兒子的驕傲。而在〈吃飯！吃飯！〉中，又寫盡了自己的「神經兮兮」，到了「初為人母」猶有此風。〈從明天起〉寫作者不善理財，〈鏡頭前的窘態〉（《響》書），寫自己登場的「失常」。這些，在許多人的生活裡，也許都自認（或被認）為是遺憾。但事實上，有許多人的缺點，亦正是他的優點。所以作者的不善理財，正是她天真未泯的可愛處；她在鏡頭前的「失態」，正是她不世故圓滑的質樸處。歸結其所以如此的原因，實是作者毫不掩飾自己，坦誠率然的白描，使她在文章中，栩栩如在目前，拉近了讀者與作者的距離。

三、內容技巧逐漸成長

作者從少女、少婦而母親，經歷、生活並無特殊之處。所以，她的散文題材並不獨到。但從描寫這些平凡事件、經歷的文章中，可以看出：作者始而俏皮活潑的散文風格，雖給文章許多生趣，但比起後來幾篇較穩重的文章，不論內容或技巧，都顯得稚氣多了。像〈離思、離絮〉便是一篇成功「託意」的抒情文。把很深的，而平時沒注意到的手足之情淡淡地譜入字裡行間，使讀者隨著行文，情感逐漸上昇。在技巧上，不但全文無廢筆，結尾用「還是趕快寫信給他吧，既然地址是現成的」跟前邊寫弟弟做事胸有成竹，預先打好他將來的地址呼應，很有餘味。〈離思、離絮〉重點全在寫離別之情，不但寫作者自己的情感：越接近離別時刻，越感到離愁漸增，跟後主詞：「離恨恰如春草，更行更遠還生」的處理手法異曲同工。而另方面，她也寫弟弟的離情，原先強著不肯多帶一丁點藥品的弟弟，到了臨走前一晚，便無力拒收姐姐送的兩雙毛襪；一向「事事設想週到的人居然忘了『送出境證』這麼重要的一件事」，而這，正是離愁作的祟！這叫淡筆寫深情。就這兩點看來，在內容、技巧上，作者怎能不是在進步呢？

〈家有童話〉（《心》書）是作者寫「兒子」們中最好的一篇。比起〈一些呢喃〉（《響》書）技術進步多了。前者選取精要描寫，後者則不免絮聒。可見寫作時，選取素材，去蕪存菁，是很重要的事。這兩篇同樣是寫兒子，作者的愛心相同，內容相似，但給讀者好壞的感覺卻不同。這也可證作者寫作技巧的進步。

〈生活〉（《心》書）是對婚姻生活的一個回顧，行文語氣已穩重許多。從這篇文章，可看出「生活」給作者的教育，她不再是個〈從明天起〉那樣不會理財的初生之犢了。作者本身的成熟，使她文章也有了較深沉的一面。

〈心底有根絃〉在內容上，是兩本集子中比較特殊的一篇。寫一個才十六、七歲，便獻身佛門的女孩的情懷，以及她跟作者的情誼。舒緩的文字節奏，配上她們慢拍子的交情進展，再扣上「心底有根絃」的題目，讓讀者又看出作者沉靜能思的一面。

四、寫實或反語的諷刺文

《心》書異於前兩本散文集的地方，便是作者開始寫作夾敘夾議的雜文。作者一反過去溫柔敦厚的篤實筆調，帶著批評態度，或用寫實來指陳諷諭，或用反語來喝倒采，形成作者少有的諷刺文。這該也是作者成熟後，文風轉變而產生的吧？

〈公車世界〉跟〈廣告時間〉便是兩篇代表作。前者寫等車、擠車、搶座位等等，公車內外的百態。作者的筆鋒很犀利，像「即使車子很空，上車的秩序仍然使你感到公共汽車是救生艇，乘客是落海的人」、「有些人一上了車，便如兀鷹之尋找腐肉，眼露青光。看到一塊『腐肉』了，便大步前進，坐了下來。即使他很胖，那座位很窄，他也要塞進去。」用譬喻來諷刺，又何嘗不是寫實之筆？在寫到有人喜歡做「換位遊戲」，隨時覓換較佳位子，而不顧別人方便與否時，作者寫道：「過兩站，又見他在過關斬將，原諒他吧，這種人是很可憫的，他的心安定不下來，他享受不到車中遐思的閒情，他緊張到根本看不到別人的憎厭。」諷刺文寫得成功，要使文章幽默而俏皮，使讀者會心而笑。

〈廣告時間〉，全篇大半用反語。作者一開頭便說：「我是很少看電視的。我自知涵養不夠，容易被電視上那些其實與我毫不相干的廣告激怒。可是有一天晚上，大概因為心情特別好，我突然領悟了『廣告』原來也有它的『存在價值』」。接著以反語寫出「廣告時間」的「諸多好處」——利用廣告時間做家務雜事，中間穿插廣告辭，使動作更緊湊。結尾又說：「我只是奉獻我的愚者一得，建議你也好好享受廣告的真諦，那樣你會過得快樂些、充實些……」與首段的反語「雖褒實貶」，相映成趣。

不過這樣的筆法，在作者的兩本集子中，是不多見的。而這兩篇也擺在較晚的集子《心》

書的後半本內，可能是最近的作品。（遺憾的是《心》書未註明每篇寫作或發表的年月，無法判斷「進展」的痕跡，但據《響》書依年月先後排列篇目看來，作者仍有此習慣，便作如是推斷。）由此可看出作者筆鋒的轉變，已由純粹的抒情，走向建議性的批評了。

接著，我想談談這兩本集子中的缺憾：

首先，前文已說過，作者的文字是很純粹洗鍊的白話，這種文章給人清新爽快的感覺。但如果語意重複，很容易給人繁蕪的印象。這兩書中文字嫌繁複的，就是語意重複，或為加強語意，而多作說明的地方，以寫「兒子」們的文章來說，〈一些呢喃〉便因引用太多兒子的「呢喃」——而這些「呢喃」是作者一聽就懂，讀者未必就懂的——使文字顯得有點拖沓了。〈小兄小弟〉（《心》書）中也有一點類似處。散文並非「實況錄音」，要經過提煉，取精汰粕。在她的另篇〈家有童話〉（《心》書）中，便成功的做到了。作者選取許多精彩的「小事件」來描寫，活現出一個聰明可愛的小男孩來。

在〈卸不下的擔子〉（《心》書）中，作者寫自己母親，兒女已長大成人，仍牽腸掛肚的「卸不下擔子」：「她的世界是多麼小，她為一些『渺小』瑣細的事揮霍她的情感。為不必煩的事而心煩，為不必愁的事而多愁，為……。（不過我也感覺到了一點：雖然她的世界很小，對人情她卻有很深刻細膩的見解。我想這是經驗的關係。而且媽媽雖然孤陋寡聞，卻是個智慧的女人。）」作者在括弧中的說明，無非是想更進一步的說明作者更深刻的感覺。

其實，在這篇淡而有味的文章中，作者已娓娓介紹出她母親的這種特色；讓讀者自己在字裡行間體認作者的深意，比作者現身說法，直接道出，要蘊藉多了。

〈從書店出來〉（《心》書）中，寫作者貼相片：「我由那種最原始的貼相簿改為粘膠式貼相簿。就是那種你貼照前必須把上面那張透明紙揭起來，照片在有膠劑的襯紙上排好後，透明紙才又全面敷上去的相簿。」粘膠式的相簿，是很「流行」的相簿，如果怕讀者看不懂這名稱，在作者行文時描寫「貼」的動作，讀者必可領會。個人覺得，細加說明，是有點畫蛇添足了。諸如此類，如把多餘的部分刪減，文無廢筆，意無踵疣，豈不是更上層樓？

其次，從《響》書到《心》書，〈打毛衣記〉、〈木的嚮往〉，都能保持穩健的作風，而〈家有童話〉、〈心底有根絃〉、〈公車世界〉、〈離思、離絮〉、〈生活〉等幾篇更超越《響》書。但從內容的本質來說，《響》書中的〈黃毛與我〉、〈歌聲與笑聲串起來的〉、〈從明天起〉、〈那份作戰計劃〉、〈鏡頭前的窘態〉是更純真，更質樸，更能代表作者「本色」。《響》書的文字，節奏明朗，氣氛活潑，普遍比《心》書可愛。《心》書中出色的幾篇似乎都排在書的後半部。前邊的像〈買書、讀書〉，〈都市人〉等跟精彩的幾篇排在一起，便有相形見絀之感。前文雖然說作者一直是在進步著的，但以《心》書中較平板的文章，比諸《響》書中精到的幾篇，也是不能軒輊的。我想，這也許是作者改變風格，而尚未定型時的作品，便不免顯出試驗的傷痕吧！

對於這兩本書，個人覺得還有一個不是寫作上的缺憾：《響》書每篇末尾，都註明年、月、日。但不知是寫作年月，還是作品發表年月？此外，也沒有註明發表地點。到了《心》書，就什麼也沒註錄了。而《心》書，除了書面有「鳳兮先生序」外，也沒有作者的序或跋文。事實上，這些附錄對作者只是舉手之勞。但對讀者，卻可以由此看出作者「成長」的痕跡。甚至將來，有人要專門研究時，為作者做年譜，編寫作年表什麼的話，便方便多了。如果書的前後有篇序或後記什麼的，讀者會覺得更有親切感，因為可了解作者為何出這本書，以及出書前寫作的經過，出書時的情形等等，更拉近了讀者、作者的距離。

最後，我想談談女作家寫作的題材與前途。以劉靜娟來說，她的生活圈子，不外家庭與辦公室；她有完滿的家庭，安定的職業。跟許多幸福的職業婦女一樣，享受穩定和諧的人生。女人的生活圈子「賽」不過男人，這是無可「補救」的事實，因此，絕大多數女作家寫作的題材，便被侷限在狹隘的家庭、朋友的小圈子裡。「身邊瑣事」成了女人寫作範圍的專利。也許有人會覺得「委屈」。但反過來想，男人唯其太注重事業，或者他也注重家庭，但他因為要分心在事業上，又因為他本性的粗枝大葉，總沒有女人那一顆細緻的心，來觀察「身邊瑣事」。文章本來就只有技巧高下而無題材好壞的分別。女人如能在「身邊瑣事」上下功夫，獨樹一幟，男人豈能望塵？

長久以來，婦女身邊瑣事的「家庭文學」出現了不少，也有許多作家享譽一時。但往往要突破現有的境界，更上層樓，似乎並不容易。尤其寫作散文，給人一般的觀念是隨意之所至，能行雲流水，自然表達為尚。所以有許多人在達到某個水準便停頓了下來。以至於「家庭文學」，直停留在平凡的空檔。個人覺得，在達到一般「好」的水準後，要再脫穎而出，需要人為的努力。「行萬里路，讀萬卷書」是「進步」的不二法門；但目前的婦女，不可能「行萬里路」，前面已說過。因此，讀書便是最便捷的方法。有計劃、有系統的讀書不但可以豐富自己內涵，又可學習新技巧，隨時都可能（但不是必然）提昇你到另一個境界。對於劉靜娟，如前所說，她有很多精彩的文章，我們也相信以她的稟賦，加之以努力，必能更上層樓！

（六十五年七月《文壇》月刊）

從〈公車世界〉談諷刺散文

前月在評劉靜娟散文時，提到她兩篇夾敘夾議的雜文；其中〈廣告時間〉是運用反語的諷刺文。〈公車世界〉（以下簡稱〈公〉文）則是以寫實夾入反語。這裡，暫時撇開〈廣告時間〉不談，另取王鼎鈞《講理》一書的一篇範文〈談公共汽車的改進問題〉（以下簡稱〈談〉文）來相提並論。

〈談〉文據《講理》書中言是採自報紙，未署作者姓名，也無標題。姑且以〈談公共汽車的改進問題〉為名。文長僅八百八十餘字。而〈公〉文有四千七百餘字。以長度言，本不能等量齊觀；但兩者所描寫內容相同，作法相近，都是相當成功的諷刺文。

諷刺文是用較迂迴的手法去規勸和說服讀者，使讀者跟作者產生一樣的好惡，去批評文中所指陳的事實。所以諷刺文中，必定帶有批評。

諷刺是人類理性的本能。在我國先民神話中，像《山海經》中有名的夸父追日，精衛填海故事，已顯露出一點嘲諷的意識。不過神話只是一個民族對生存意義不自覺的領悟。

諷刺成為個人意識的表露，在先秦諸子的論著中已不乏例子。至戰國游士說客，掉其三寸不爛之舌，造了許多有趣的諷諫故事。即令如此，諷刺要表現在藝術形式，形諸文章，除了理性的本能，還需較成熟的意念與技巧。

諷刺意念的產生，必是發現值得諷刺的對象。而意念從醞釀到成熟而執筆為文，應考慮兩個因素。

(一)諷刺的對象是大多數人都經歷過或了解過的

一般小說或散文，當然也可以表現特殊的現象，但諷刺散文比較特別，因諷刺所以能造成影響，便是讀者也曾身歷其境，而諷刺的目的便是引起大眾的共鳴。如果作者過分注意特殊單象，往往因事實的隔閡，而失去應有的效果。不過現在大眾傳播工具發達，經報紙、電視報導的單象，大眾雖未經歷，但也能了解，稍能彌補此一缺點。〈公〉、〈談〉二文便是很典型的例子。現代人，不論上班、上學，天天乘坐公車，尤其臺北市，更是絕大多數人不可一日或缺的交通工具。而公車問題，已是多年痼疾。作者取材於此，怎能不讓讀者「心有戚戚焉」呢？

(二)諷刺的對象是值得批評的事實

諷刺是技巧地舉發錯誤，如果這「錯誤」不被公認，諷刺便成了個人的攻訐。所以諷刺文作者的出發點應是善的，但在臨文時，態度必須冷峻，才能嚴正；但在冷峻中，不失同情。臨文時筆端必然帶刺，才能揭發錯誤，但在譏刺中，仍含血淚。就此兩點而言，寫作諷刺文的人，不但要隨時發現，且關心社會中的許多問題，判斷它的利弊，分析它發生的原因，推測其產生的影響。立場不但要正確且要明晰。以〈公〉文而言，內中所寫尖鋒時間車子之難以等待，快慢調度之不穩，擠車、搶座位類似戰爭等事，久已成為詬病。便是值得批評的。

在諷刺文的寫作技巧上，也有兩點值得注意。

㈠一看便知諷刺文

作者的立場明晰、觀點正確，如果從正面表現也許沒有問題。但要以諷刺姿態出現，尤其是用反語諷刺，一定要使讀者一見便知是在諷刺，否則便只有反效果了。

㈡要具說服力

諷刺的方法很多；可以直接寫實，暴露事實本身。可以用寓言，像《孟子》書中齊人一妻一妾事，便是用場景來諷刺。可以用譬喻，〈公〉、〈談〉文中都有例子。也可以用談笑的態度、滑稽的文辭，如《史記‧滑稽列傳》中，優孟諫楚莊王葬馬、優旃諫秦二世漆城，便是以「譎辭飾說」來「抑止昏暴」的。不論是嚴詞厲說或嘻笑怒罵，其最終目的是在說服讀者。因此，諷刺文是很危險的，如說服力不夠，小則不痛不癢，大則流於輕佻或謾罵。

以下，試綜合〈公〉文與〈談〉文的優劣點，分析其諷刺技巧的得失。

(一)文字簡短，能使節奏輕快，讀來鏗鏘有聲

〈談〉文不輕易製造長句子，即令遇到較長的句子，也會用逗號斷開。而字句的乾淨俐落，使得這篇八百多字的短文，文無廢句、句無廢字。如第一段：

> 公共汽車班次太少，乘客太擠，車掌和司機的態度太壞，輿論一再要求改進，可是公共汽車依然故我。這是有道理的。

文字簡潔有力，自不在話下。而此段開場更可貴的是用逆筆取勢，先數說公車許多公認的缺點，作者卻反過來認為是「有道理」的。是開章第一筆大反語，在手法上是蓄勢，在效果上則吸引了讀者往下讀的興趣。

〈公〉文的文筆就舒緩多了。這也是為了配合文章的開頭——正在等遲遲不來的〇東，寫等車的百般無奈。這種配合，毋寧是一種上乘的技巧。不過舒緩的筆調，很容易造成累贅的尾巴。〈公〉文中作者插入許多括弧，夾入說明文字，其實有許多是不必要的。像：

有些司機像鋸木工人，在他不停的猛剎猛衝之際，很多乘客就像木屑一樣紛紛飄揚甚至墜落。即使安全島上的矮樹也不免被車子狠狠批兩下耳光的噩運。（可憐的都市之樹！）

在樹被「批兩下耳光」的文字中，讀者已感覺出「可憐的都市之樹」了。又如：

有時候你看準了某一位會很快下車，便站在她面前。不幸她左右兩邊的人都下車了，就是她咬著牙不肯下，使你有一種「遇人不淑」的感覺（而心中為自己這個不倫不類的成語竊竊失笑）。你終於下定決心離開了這個據點，那人偏偏站起來了，那位子自然屬於旁人的了。

這段寫「你」正熱中於等待空位，但盯上的人遲遲不下車，便不期然產生「遇人不淑」的感覺。這個成語用在此，實是妙手獨得。但在「你」正全心考慮要轉換地盤時，作者沒有必要插入「你」對自己的「竊笑」。因為「你」笑不笑自己並不重要，而是要讀者發笑。

㈡比喻造成利筆

諷刺文中用比喻，能使文筆更犀利。如〈談〉文中：

在我看來，搭乘公共汽車，是非常有益的健身運動。上車之前，人人爭先恐後，奔向車門，完全像是打橄欖球。

這一段跟〈公〉文中描寫搶上車，同樣用比喻，真是異曲同工：

即使車子很空，上車的秩序仍然使你感到公共汽車是救生艇，乘客是落海的人。

打橄欖球是比較野蠻而劇烈的運動，落海的人搶救生艇，都是要「拼命」的事，用來形容搶上車，豈不絕哉！又如〈談〉文：

有時候，車輪忽然刹住了，全車的人像一群搶泡泡糖的頑童，一齊衝向前去，以致車廂後面有一大塊地方都空出來了。這不但再一次提醒你慣性定律是可靠的，而且也證明車內乘客的擁擠，並不如外傳之甚。

這一段跟〈公〉文描寫公車急剎車、猛衝刺的鏡頭，也是殊途同歸：

你必須練習「拉單槓」，使你的胳臂強壯一點。有些司機像鋸木工人，在他不停的猛剎猛衝之際，很多乘客就像木屑一樣紛紛飄揚甚至墜落。

諸如此類的譬喻，是一種合理的誇張。本來這兩個鏡頭，如用寫實來白描，必難討好。而兩位作者分別用譬喻，不但切合情境，且新穎有趣，正是諷刺文幽默的地方。類似的例子，〈公〉文中還有精彩的，不再贅舉。

㈢多描寫，少批評

諷刺文本身要具有批評是非的影響力，但並非「公開」批評，最多只能在反語文字中，用反面話直接說出來。如〈談〉文中第二段開頭，及末段結尾：

在我看來，搭乘公共汽車，是非常有益的健身運動。為甚麼要改變公共汽車的現狀呢？讓它維持老樣子吧！

說的其實是反話。正面的批評只能隱在「譬喻」中暗示出來（如前引文），或在描寫事實時，用事件本身表現出來，作者偶露微辭，如〈公〉文：

有人把公車當他家的客廳，翹起二郎腿，欣賞別人差一點被他絆倒的狼狽相。如果那是卡座式的位子，他會讓旁坐的人縮成一團，以為自己只買半票。

若此，作者並未站出來講話，但卻用嘲弄的語氣，很技巧的道出他的批評了。

在〈公〉文中，寫到即使車子很空，乘客仍像落海的人般擠時。「你」便：

在心中悲憤著：國際局勢如此，為什麼我們連這一點小事都做不好？

但終於，「你」也：「賭氣地也投入那種亂糟糟的漩渦裡。」在此，作者便發表「環境造英雄」的理論：

有多少人能在改變不了現狀時仍不激不憤地堅守自己的原則呢？不僅乘車，學生的作弊，為官的不廉，怕也是這樣的吧？這種聯想使你不寒而慄。

這一段批評便很多餘。以內容而言，已牽引到題外。在〈公〉文寫到立位乘客，虎視眈眈的在尋找、等待座位時：

更具欣賞價值的是他們不知道自己那時刻的神情。你想到一個人平時也許是很有風度的，

但一旦心中「有所爭」時，便會大大失態。一個恬淡平實的人卻總是美麗的。一種內在的

光輝使他臉上的肌肉溫柔，使他的眼神平和，那就是美。

末尾兩句也是蛇足。除非是正統的議論文，文章中發出批評語言的應該是讀者。作者不應剝奪他們的權利。而且，多白描，少批評，會使文章更有風度、深度。

(四)偶用反語，能一針見血

通篇反語，能淋漓詼諧；〈公〉文寫到一個「大男人」在車上得隴望蜀，有了座位還要過關斬將，屢屢進攻更好的據點時：

原諒他吧，這種人是很可憫的，他的心安定不下來，他享受不到車中遐思的閒情，他緊張到根本看不到別人的憎厭。

這一段，如能全面用反語來「原諒他」，是能更鞭辟入裡的。不過作者似乎急於撻伐，所以忍不住寫出她的「憎厭」，同時在下文又寫道：

不過有時你懷裡有一大堆東西，甚或抱著小孩，他仍要你讓他穿進穿出，那你只好在心中罵三聲「神經病」，略消心頭之恨。

諸如此類，我認為〈公〉文中有許多地方是可以改成反語，而更能一針見血的。

通篇反語的諷刺文，常常能波瀾迭起，幽默詼諧，使讀者擊節稱快。以〈談〉文而言，

只有八百多字，堪稱短小精要，無懈可擊。不過，反語諷刺文也極易造成流弊，以〈談〉文第三段而言：

至於車掌小姐，那是一些經常憤怒著的女孩子。我們不知道她為什麼憤怒，但是，我想，我們應該像碰見怒蛙一樣向她致敬……

車掌小姐，曾有「晚娘」之比。遇見兇悍些的，的確教人怵目驚心。但在描寫此類事實時，應顧慮到的是：公車小姐，兇悍如晚娘者固然很多，但溫柔敦厚的也不乏其人。行文時如一網打盡又語氣過火，便容易造成刻薄尖酸。又如：

況且，命運並不一直這樣黯淡。有時候，當你或我被砌進人牆的時候，旁邊可能緊挨著一塊美麗的瓷磚，那是說，緊挨著一個漂亮的女郎。除非在這樣擁擠的公共汽車裡，你在其他地方不可能跟她這樣親近，由於你們都不是磚，所以，在車身顛簸擺動的時候，你倆是在跳舞了……

這一段非常詼諧。但由於反語諷刺，很容易造成一面倒的趨勢，作者不但在走筆時要把握分寸，在立意上，更要注意對諷刺的對象要「同情」而不是「蔑視」。否則文章極易流於輕佻儇薄。

寫作諷刺文，除了上述反語容易犯的⑴刻薄⑵輕佻毛病外。還要注意避免的是：⑶說教⑷謾罵。這兩項缺點，〈公〉文、〈談〉文都沒有。此處不舉例說明。寫作諷刺文的目的，本是要加強文章發生的效用。有時作者固求功心切，把勸諫文字寫成說教文，真是畫虎不成反類犬了。謾罵亦然；諷刺本意是在指責錯誤，但如火氣過甚，走筆時，形容過於誇張，批評過於偏頗，便是譴責謾罵了。

最後特別一提的是：〈談〉文是有意寫成的反語諷刺文章，而〈公〉文則只是作者對「公車世界」感想的抒發，作者可能原無意要寫成諷刺文；因此我們如用諷刺文的角度來衡量它，自不免有許多「缺陷」。在此，只是為了說明的方便，而援引作為例子，讀者原不必刻舟以求劍。

（六十五年十月《文壇》月刊）

評介黃坤堯《舟人旅歌》

散文創作，自五四新文學運動之後，如雨後春筍，頗見蓬勃景象。五、六十年來，我們從作品中見到許多作家由奮發創作而告退休，也見到許多後起之秀衝擊淹沒了前浪。這真是一可喜可驚又可感的現象。

可喜的是，文學創作者都具有革命般的精神，前仆後繼，延續了文壇的命脈；可驚的是，一代新人更舊人，多少跋涉的足跡淹沒消逝，而不能登文章之籙；可感的是，後人的努力，究竟是否超越了前人？

近日研讀黃坤堯君散文集《舟人旅歌》，便覺「百感交集」，我們敬仰前人篳路藍縷，開拓之功，也尊重今人努力之效，同時也不忘了反省自己耕耘的得失。

散文是最直接表心的工具。《舟人旅歌》便是一個大學生自大三以至畢業任教一年後心靈的寫照，歸結以感傷時事及探討人生為主。許多大學生或畢業生都可以在這裡面看到自己的影子。唯一不同的是作者黃君旅居港澳，幾度漂泊於臺、港之間，遊子心情，更非長期定居於臺灣學子們所曾體會到的。

全書依寫作時間分為三輯：第一輯作於黃君大三，第二輯作於大四，第三輯作於畢業後任教之時。依時間排列，脈絡儼然，可以看出作者的文辭由粗繁而漸入簡約，筆法由直接而漸至婉曲，意境由切實而漸超越的過程。

作者在第一輯寫作之前，雖然也寫過舊詩詞及論文，但因為是初次放膽大量寫散文，所以，仍然可以看出文筆的生澀及拖沓處。散文題目固然很小，其內容也不會太龐大，要把握主題，便是很費斟酌的事。文章內的每一句每一字，都該是為烘托主題而產生的，否則便需割愛。像一輯中〈海上元旦〉，就很有「想到就寫」的毛病。文字過於直訴，就會欠凝鍊，就不夠蘊藉，意境自然會失之淺近，這是第一輯普遍的毛病。當然，第一輯中也有值得回味的，像〈歸家〉、〈詩人的道路〉、〈孤獨者〉等。可以從〈詩人的道路〉中見作者黃君內向、愛幻想、不太合群的個性。而影響他個性及作品最深的，便是家庭背景。從〈孤獨者〉可見其不協調之家庭，而也就是他寫〈歸家〉的理由。〈歸家〉一篇，可說質勝於文，所謂「真情不諱」，作者與家庭脫節的寂寞跟苦楚，都鬱結在此文中，回家與否，只是襯筆，而作者的深意，全從後段托出。

在寫作技巧上，〈詩人的道路〉要比〈歸〉、〈孤〉等文可觀。散文雖然是極寫意的東西，要意到辭成，辭隨意轉，自成章法是不容易的。而〈詩〉文便能如行雲流水，好幾處都見有翻疊之美。話說回來，〈詩〉文之所以得人喜愛，最重要的還是它的主題。一個詩人對「詩人的道路」抱著披荊斬棘的精神。我們相信，無論散文的文字錘鍊到多高的境界，它仍然是襯托主題的綠葉罷了。

作者早年潛心研讀中國文學，在舊詩詞上下的功力尤深，創作亦頗多，對於中國舊純文學，尤其詩詞曲，曾經鑽研而有深切體會的人，再從事散文的創作，無異是增加了一大宗本錢。對於散文的文筆論，從五四以至眼前各家持論雖然未盡一致。但總不離「意深」、「辭美」的標準。即此二端仍然各有偏頗，個人以為，實在不必爭論。散文以表意為主，但畢竟不是論文，文暢理達便可竟其功，如能兼而含英咀華，鍊字琢句而不傷本，豈不更佳？

如何鍊字琢句而又不傷其本？便是值得研究的問題。個人以為，舊詩詞中有無窮的寶藏，便是提煉的最好場所。時下寫作散文的，像張曉風的文筆，便很得力於舊詩詞。以張君兩本散文集而言：《地毯的那一端》，質勝於文，字句的錘鍊尚未臻佳境，但因內容的醇厚，仍不掩其精光。至於《愁鄉石》一書，則文勝於質，作者文筆之得力於舊詩詞處，便處處可見。遺憾的是在內容上已遠不如《地》書之坦誠率真，又不免「靡麗傷情」了。

《舟》書第二輯中，便很用心於文字的錘鍊及修辭技巧了。同時作者在舊文學中的涵養也逐漸發揮出來。這種情形，在第三輯中也同時保持著，像〈春〉、〈秋山夕拾〉便是。

適巧作者發表在《文風》（國立臺灣師範大學國文學會印行）第廿四期的幾首詞，可以互相印證。像〈秋山夕拾〉一文跟〈西江月〉詞二首，都是描寫砲臺山風光的作品，砲臺山對面，便是祖國無限的江山，〈西江月〉原文如下：

日日浮生海嶠。年年歸夢偏長。幾回閒眺舊家邦。一片心頭悵惘。遠處炊煙斷續，難分雞犬牛羊。夕陽紅下小山岡。珠水無風無浪。　楓葉爛紅時候，遍山衰草殘黃。昏鴉啼徹古城牆。烽火依然在望。留得百年恩怨。都緣薄晚風涼。東坡明月共孤光。不怕夜寒路上。

〈西江月〉很纖巧、靈秀，也是作者一貫的詞風。然而在感情的表達上就比〈秋山夕拾〉露骨多了。〈秋〉文鍊字工夫已臻上乘，情味含而不露，即使露亦不顯，意味深長。它最後一句「向南中國遙祝默禱，坐一個晚秋的黃昏」。無限故國之情，盡在不言中，真是杜甫「日日江樓坐翠微」，「每依北斗望京華」了。

此外，像〈靜夜思〉及另首詞〈鷓鴣天〉也是同一心情下的作品，尤其〈靜〉文末後兩段，全然是詞的風味。在表現上，當然也還有要努力的地方，像〈戰城南〉便是衍古詩如古樂府李白、杜甫、岑參、高適、王昌齡等意境、文辭而成，稍嫌漫無歸宿。

總之，寫作散文，能吸收詩詞的長處，又廢棄其短處，必能移人，散文的前途是大有可觀的。

閱畢《舟》書，還會有一個拂之不去的印象，那便是作者在《舟》書中所表現的純「中國人」的味道。由於幾年的漂泊，來回在港澳臺灣之間，一瞭望便見祖國山河，而讓一個終年潛心於中國古典文學的人，憑生多少眷戀，對於那古老的中國，我們每一個不曾踏過故鄉泥土的人都對她有無窮的嚮往與熱愛。雖然我們不曾把這感覺整天掛在嘴上，但是碰到最「寫意」的散文時，便兜不住那一腔想一親鄉土的感情。這種感情，在《舟》書中，時而匯成巨川，時而隱成伏流，是很成功的地方。唯一美中不足的是在〈歸來〉中，作者因歸家而看到了尼克森訪問大陸的電視轉播，雖然只看了僅有的第一場，但相信會給每一個身在海外的中國人無限的感觸。身在臺灣，只聽說尼克森往訪大陸，就使我們心情久久不能平復，更難以想像看見尼克森踩在大陸上那一剎那的心情；一則怕見那原該是我們踩著的土地卻讓異國人踩著，更害怕一見神州已是風雨漫天，中國不再是中國，那對我們是怎樣的打擊？作者雖然花了四行來記下他對尼克森訪大陸的心情，但卻沒有表達成功，實在是一件憾事。

《舟》書另外還有一些瑕疵；作者容易從抒情散文中引發議論。像〈春〉，加上了理論便會破壞了情調。而作者以詩詞入文，雖已見發揮，但尚未能淋漓盡致——也因此，個人以為，作者要努力的仍多，而其散文前途是大有可觀的。這一點，毋寧說是很可喜的現象。因為寫作往往到了一個階段，便會碰上「高原期」，要突破它而更上層樓，似乎不僅努力可奏其功。寫作要像爬登一座沒有頂的高山，永遠在努力，在進步中，永遠得找出努力的方向來，而這種一峰又一峰的跨邁，是要靠才氣跟努力相濟才行的。

除了技巧外，在內容上的開拓也極須努力。這不僅是黃君一人的事，所有致力於散文創作的人都應該注意。在內容上要深，要廣，還要變。所謂窮則變，變則通，通則久。當然，要如此，除了作者的才氣及本質外，還要下一番功夫才行。以時下寫作散文的白辛而言，他的集子，從《葉脈上的蝴蝶》到《輕歌》乃至《風樓》，其內容不外父母、朋友、情人之愛，當我們讀第一本時，會很欣賞作者樸實的文筆，醇厚的情調，但如果連讀三本，便會膩於那些重複的題材（包括故事、人物）及文句。寫作內容到達一個段落，如果不能別開生面，另闢新面貌以脫穎而出的話，便會適得其反了。所以，內容的求新跟求變，跟技巧的求新、變是同等重要的。

《舟》書中的內容也只限於詩人對四季風雨霜雪的感受，家國的眷懷，作為作者第一本集子，這原是無可厚非的事。重要的是黃君如果仍有意繼續創作散文，在內容與形式上，可能都還有開拓的必要。

前邊已經說過，篇目的次序，依寫作時間排比，固然整齊可觀，但在「收視率」上可能會吃一點虧；文章重開頭，書本也一樣，首篇吸引人，便算成功了一半。至於《舟》書的封面，個人認為也許還可以設計得更引人一些，這可能印刷廠本身要負部分責任，不但把封面弄得不甚乾淨，且中間書脊把封面割裂為二，實難辭其咎。

個人以為，《舟》極適合作為高中生課外讀物。原因是，它具有純正的思想，對國家鄉土一種掩飾不住的感情，自然流露，毫無做作。對於人事的變遷，身世的飄零，作者又傾洩出純潔的感情。在文筆上，意到辭成，辭隨意轉，自然有致，技巧相當成熟。尤其作品依時間排列，可以很明顯的看出作者進步的過程，這些都很適合做初入門學生的學習參考。

（六十四年五月香港《美星日報》）

評《余中生散文集》

《余中生散文集》是作者的第一本散文集；分三輯編排，第一輯〈暖陽〉是作者就讀大學時的作品；第二輯〈秋箋〉，是大學畢業後的作品；第三輯收錄作者大學前在南洋檳榔嶼所寫的文章。選集作如此的安排，可以使讀者較容易看出作者進步的軌跡與風格的轉變。本書中，第一、二輯比第三輯，在文字的鍛鍊上，有很明顯的進步。但也有相同的地方，像第一輯〈風城印象〉前半文字及第二輯〈心箋三題〉中〈時間〉的文字與第三輯相近。以下所作的討論將偏重在一、二輯中。

一

作者一面寫散文，一面寫新詩。一般而言，以寫詩之筆來寫散文，在文辭上是不會差的。在余中生來說，文句的優美跳脫，正是他修辭成功的地方，也成了他散文的最大特色。

在修辭方法中，他最擅長運用譬喻及轉化手法。用譬喻法的如：

看不到頂峰的太平山，像遠遠掛在低幅間的一筆淡墨。（一頁）

人類就像洞穴中成群的螞蟻，終日忙碌著，找尋著自己的世界。（三四頁）

一條不見源頭的流水應該算是這座山的探索者（七頁）

而山是一位沉默獨坐的長者（一〇九頁）

剛跨出文學院大樓的石階，接著又要趕一段很長且沒有斑馬線的路（一二三頁）

前兩則是明喻，後兩則是隱喻。又如：

把「趕一段很長且沒有斑馬線的路」比喻追求理想時的辛苦與摸索，是略喻。諸如此類，或把抽象的事理、情緒具體化，或把難以形容的景色描繪出來，都是譬喻運用成功的地方。

轉化包括「擬人化」、「擬物化」、「擬實化」（形象化），是靜物動寫、虛事實寫的慣用手法，也是本書作者最擅用的技巧。擬人化的句子是在作者情景交融下產生的，使意象活潑。例如：

當我們開始走入那山，而山也跟著迎面走來（四頁）

這兩句用頂真格相連，下一句用擬人格表現，形成與上句相向而行的動態。古詩中有「山從人面起」便是這種意象。又如下二例皆是：

許多無名的藤蔓在那裡伸引著細長的頸子，痛苦地呼吸著每一縷自四周吹來的山氣。（五

頁）

夢總是穿著破舊的長衫站立著的。（五一頁）

擬物化是把人轉化成其他動物、植物，或無生物來描述，如：

車廂裡每個人的心弦上都掛著許多屬於頭城的想像。（一頁）

我才發現自己的頭髮已被山風吹成原始的叢林。（一六頁）

我還年輕，眉間鎖不住任何憂愁。（九一頁）

擬實化是擬虛為實，把抽象的觀念形象化，例如：「遙望層層疊起的山巒」（一頁）；「在甜甜的夢裡」（二頁）；「生命，這個抽象的名詞，迅速地跌進思考的河裡。」（三頁）這一句，「思考的河裡」是擬物化，而著一「跌」字，便使「生命」（名詞）形象化了。

諸如此類，俯拾皆是，實不勝枚舉。轉化或轉品手法運用得好，在舊詩中往往造成畫龍點睛的「詩眼」，在散文中，也可以找出這種活的「字眼」來，如：「我們只好肩著艷陽離開這座寧靜的山城」（七頁）、「微風從樹梢浪過」（九頁）、「風從枝葉間翻過，陽光從枝葉間染過」（一〇頁）、「艷陽已陷在雲堆裡」（一一頁）、「人卻被風景醉住」（一二頁）、「我飲著細雨」（一三頁）。這些句子中，「肩、浪、翻、染、陷、醉、飲」等都是利用活字來點眼，使文句更靈動，意象更鮮明。

「登山則情滿於山，觀海則意溢於海」，這時節，便有模山範水的欲望，便藉文字或表達情感之激動，或傳佈心緒之奮昂，或抒發精神之輕鬆，常常出現有節奏的文句。本集中也不乏成功的例子：

而在此時看山，山在雲裡，看樹，樹在風裡（一〇頁）

以短句來頂真，兩句又以排比形式出現，節奏輕快而靈動。又如：

站在山徑的最高處看山，山是一座起伏的圍牆，看樹，樹是許多錯錯落落撐開著的傘（一一頁）

與上句異曲同工。所不同的是，上下句除了頂真外，還分別用譬喻句，再上下排比起來。又如：

當我們不再注意時，山已在白雲中，樹已在細雨中，人已在廟中了（一三頁）

三句排比而下，這種句型，很適合作文章的結尾。又如：

彩筆掛著，畫架立著。真的，懷念掉落在秋的雙翼上（九四頁）

上兩句排比，下一句用轉化的形象化及擬物化。在形式上，前兩句成排偶句型，後面一行直下成奇形句式，奇偶參差以見美，且都用短句構成，不但形式優美，且音節響亮，作為一篇文章的收尾，極有餘味。另外如：

今天。午後。我憑依在你從前讀過書的窗下。無詩也無夢，回憶著過去，沉思著將來。（二四頁）

同樣作為文章的收尾，跟前句各有千秋，後者的句式用偶、奇、偶來排列，而末二句用層遞手法展現。

製造輕快節奏的另一方法是類疊修辭法，本集也大量運用著，如：

走過那道木橋，群樹以綠色圍我，葉子以熱浪醉我。（七七頁）

那些防風林，那些翠竹，那些碑石，不斷地向視線移來。（一頁）

我們把斗笠拋給風，把笑聲拋給風（二頁）（按，這一句是轉化、類疊並用。）

時間便開始在滴瀝著，窗外的雨珠也開始在滴瀝著（三頁）

最後一例，上句用轉化中的形象化，與下句的實景配成虛實相映的類疊句子。從以上的例句中，可以看出，凡是同時使用兩種以上的修辭手法，製成的句子就更美妙。我們還可以找出類此綜合用法的例子：

思緒像腳步一樣零亂，到處劃著曲折的痕跡，夾在你我之間的記憶，也因此而再提升……（一〇四頁）

第一句用明喻，第二句是擬人，第三句則是形象化。又如：

秋天啊秋天，你真是一個不解人情的頑童，把「愁」字帶給了岡上的花花樹樹，也帶給了一個異鄉人。（九〇頁）

首句是呼告，二句是隱喻，三句是擬人，以致在文章結尾，餘音繞樑。此外，像：

懷鄉病極莊嚴地躺在秋草上。許多漂泊的歲月在那裡築成一道記憶的溝。該展翼，也該飛越，穿過雲路，採摘一些白雲們的瀟灑……（九一頁）

首句是擬人為人的形象化，二句是擬虛為實的形象化。而作者把第一句跟第二句從「許」到「一」字分成兩行，排列在書中的下半頁。這是由文字的「姿勢」表示出「懷鄉病」「沉重」得躺在秋草上。以及「漂泊的歲月」是在陸地上度過的。接承下一句「該展翼，也該飛越……」則提昇至頂行，表示展翼高飛。這種手法，可以說是摹倣古人神智體的作法。不過這種方法已脫離詞序上的運用，不算是「修辭」了。

作者使用的修辭方法是極廣泛的，除了上述諸種外，還有值得一提的如：

當夏季來臨的時候，我便想起了頭城，那裡藏著一張年輕人的臉。（一頁）

用「一張年輕人的臉」是借代修辭法，代表作者在頭城有過年輕、活潑、愉快的回憶。用在文章的開頭，很能引發讀者讀下去的興趣。又如：

想起寒假在阿里山上看雲海和日出，那剎那的印象是可以留存到恆久的。（一頁）

末句是映襯修辭格中的反襯手法。在這裡作者以此強調「早晨的陽光很可愛」，修辭本身固然很好，可惜放在〈想起頭城〉這篇文章中，只算是個逗號，是白強調了。在這篇文章的中段有一句「那是代表中國人的長城，匈奴爬不過的長城，尼克森在它的背脊上走過」（二頁），後二句也是映襯格，「尼克森」下省去「卻」字。這一句，襯出作者的無限遺憾。下一段作者吐出他的感情：「中國呵中國，在頭城的山裡，我看到了一個最愁人的月夜。」（二頁）前邊已經醞釀了許多對長城的遙念，所以此處用呼告作結，不覺得造作。下一句不用「感到」卻用「看到」，正是「我看青山多嫵媚，料青山見我亦如是」，情景交融的寫照。此外，「異鄉人在窗下碑坐」（三二頁），「碑」由名詞變成形容詞，是轉品修辭法。在此，著一「碑」字，一個孤獨、單調、寂寞的形象便格外凸出。

本書也有一些修辭不夠著力的地方；例如寫〈巷〉中，提及小販「想想他們在那裡口沫橫飛大喊廉價的情狀，是多麼的令人感到沒有半點偽飾。」（六一頁）是太繁冗。〈一陣驟雨落著〉中記起童年玩風箏：「現在想起來，是蠻有意思的。」（八六頁）是乏味的蛇足。〈想起頭城〉中，在月夜：「心裡不免浮起一股懷念故國家園的愁緒」（二頁）是累贅。這裡，作者在「頭城」而聯想到「長城」，不是由景色，而是由名字——「城」字聯想而來，在思緒的脈絡上是說得過去的（否則作者由月夜而懷故國，多少有點濫調了）。所以此處，作者只要精心鋪陳一下月夜撩人愁的景色，便可以承接下段想念長城的文字了。

「山是一座不曾見過的龐然大物」（四頁）這種譬喻不精彩，「攜著那把很像枴杖似的雨傘」（七一頁）這種譬喻不必要。山，本來就是「龐然大物」，雨傘的架構本來就模倣枴杖。這是因為喻體（山、傘）跟喻依（龐然大物、枴杖）太相近，譬喻出來，給人以平淡乏味的感覺，引不起美的意象。

除了部分短句構成，而具有輕快的節奏外，作者也很喜歡用長句子，使氣氛凝滯而舒緩。像：

在記憶中的日子裡，她那洋溢著溫情的話語令我空蕩蕩的心靈又一度感到無限的充實；更令我冬季裡的情懷感到溫馨和活潑，且在血管裡川流著夏季的血液，暖暖的。（七一頁）

已有架床疊屋之病。又如：

如果把思緒拉回到在故鄉或童年那些日子裡去的話，相信有許多景物是該牢牢地保存在自己的記憶裡的……（六六頁）

這一句非常長，的確給人以「拉」的感覺，可惜並不精彩。舒緩的語句，在感傷、憂鬱的文章中，本有烘托氣氛的作用，但用慣了，常會造成拖泥帶水的句子。

二

從本集中，可以看出作者幾個特點：文靜、愛幻想、重感情、多愁善感的性格；及孤獨、寂寞的心情。同樣，我們也可以歸納出作者寫作題材的大略：描繪景物、抒發心情，以及記離家之感、憶童年之情。以前二者為主流，後二者只是偶爾點綴在字裡行間罷了。

描繪景物的，或敘遊蹤，或記山、水、日、月、窗、巷、臉等等；抒發心情的，或因景生情，或因事生情，或純捕捉瞬間「心靈的動向」。在題材上，毋寧是單調貧乏了些。所以，題材時有重複；如寫「秋」就有〈秋夜想起〉、〈岡上的早秋〉、〈在秋的雙翼上〉、〈屬於秋的〉、〈秋箋〉等。甚至字句也有重複，如「懷鄉病極莊嚴地躺在秋草上」（〈在秋的雙翼上〉）與「懷鄉病。極其莊嚴地躺在那片秋林上。」（〈屬於秋的〉）是重複；而寫山、寫雨、風、樹、水，在意象上也有許多重現的地方，這一點，後文還會提到。

寫景的最高境界是「狀難言之景，如在目前」，寫情的最高境界是「含不盡之意，見於言外」；以下就此二點來討論：

有人把描景文比成照相機攝影；其實描景，不只要像普通照相機獵取景色，還要用長鏡頭等抓住放大特寫。除了特寫，還要把靜物活寫。這就要靠豐富的聯想力及熟練的表達力，照相機是無能為力的。本集中寫景文章極多，作者充分運用他靈活的聯想力，所以能從「頭城」聯想到「長城」，從海濱「浪花千堆」想到蘇軾在赤壁的〈念奴嬌〉詞。至於把靜物作動態的描寫，尤為擅長。如前邊所舉修辭「轉化」手法的例子便是。作者唯一的缺點便是不能抓住要點，做精彩的特寫，以及不能描繪具體的形象，卻愛用抽象的說明。例如作者常愛提起童年及故鄉。在〈走在山徑上〉就有一段：

童年在故鄉，一個屬於遙遠的回憶。在我的故鄉裡有很多大大小小的山，而這些山的外形卻經常在我的腦海中出現，是那麼令人感到親切和懷鄉。記得在小時候常常和左鄰右舍的小孩子們到山上去偷採山梨和橄欖，或拾掇楓葉，到臺灣來已經這麼多年了，而楓樹是第一次看到，於是在心裡覺得，這裡的楓樹比家鄉的矮小而且葉子也不那麼寬圓，這可能是因為兩地氣候迥異的緣故吧！（一〇頁）

由看見楓葉而想起童年時故鄉的楓葉，本是順理成章的聯想，但作者沒有把握住童年精彩的片斷，不能引起共鳴。他如〈生命篇〉中也有一大段故鄉童年的回憶，也不能抓住重點，毛病完全相同。另外，〈戶外的斷想〉中有一大段，包含四個小段：

①在人生的行板上，不妨多繪設一些曲折的線條，像那天上的雁群也不是沒有一定的飛行秩序嗎？或許明天會有很多趕不上而失群的，最後只好單獨地築巢和覓食了。②記憶裡經常會浮出一張臉來，那是在南方的童年。③我永遠不會忘記那段在田裡捉泥鰍的日子。④那條記憶之河是永遠拴不住的。不信有一天，當秋風吹過，你再回到院子裡來時，相信第一句話你一定會對我說：「我又像記起了一些過去的什麼似的。」

①段完全是抽象的說明，且由此渡到童年，連接已屬牽強，既提起童年，又沒能把「捉泥鰍的日子」刻劃出「不會忘記」的理由。末尾，只是再度強調「不會忘記」而已，這就是缺乏具體形象的描繪了。

描寫景物，要捕捉別人不容易發現的地方，找出景物的特色，才能推陳出新。而本書中所描繪的景物，著眼點都很普通，但因作者文字修辭的多端，句型本身的變化，使它能新穎入目。不過結成集子後，因各篇意象的雷同，看多了也會膩人的。這種寫法，在另方面，又造成山水本身缺乏特色，所以作者寫〈風城印象〉沒有描繪「風」的姿態，倒是寫了農耕、田場、村犬、海濱、苗圃、冷夜等。同樣，〈山城裡的日子〉是寫溪頭，卻沒有把握住溪頭與眾不同的參天竹林、千年神木；而〈千樹林裡的回憶〉是寫澄清湖，但看來與春秋閣或墾丁也沒什麼不同。古人曾說，寫景要寫得移不動，便是要抓住景色的特點，一篇成功的寫景文，要讓別人在此景下擲筆而歎，李白就曾在黃鶴樓面對崔顥詩而大歎：「眼前有景道不得，崔顥題詩在上頭。」

寫散文，不單要描寫客觀景象，還要把握主觀的心情，利用敏銳的觸角，描摹出作者真實的印象感受，這其間便要寄託情感。前邊已說過，從這本集子裡可以看出作者的多愁善感，思鄉憶舊之情，但可惜的是，作者未能把許多引起愁感的原因寫出來或點出來，使讀者無法進入作者的「心境」，不能「同情」他的感受。這種缺失，嚴重下去，便會給人「無病呻吟」的感覺。

三

針對這本書，還有幾點值得提出來討論的。

(一)情緒的協調

散文「身材」短小，所以在一篇當中，不但材料要盡取精華，在情緒上也應該力求統一或協調。有的作品由悲而喜，或由喜入悲，有的由驚險趨平淡，或由平淡而驚險；不論情緒如何起伏，其間總要有轉折處，以求協調。否則，表現作者的喜、怒、哀、樂，前後情緒就該統一。這本集子，有些地方是未曾顧慮到這一點的；像〈走在山徑上〉寫走在山徑上，先是①「一股興奮的情緒滑入心谷」。接著看山、樹、憶童年、聽蟬聲、登山俯仰，於是②「在眾山之前，合目如佛，無視紅塵淒冷，歌聲掉落在空曠的原野」。然後烤肉，③「於是，多少歡笑的聲浪隨著輕風蕩起」。接著看雲、山、樹……④「一種無我的境界不斷地自外移入」。然後走向廟宇，細雨霏霏，⑤「心裡的淒寒不知為什麼老是不停地在增添著」。歸途，⑥「心中浮起的是一股敕敕的寒意」。這篇文章，情緒六度變化，始而興奮，繼而莊嚴、歡樂，然後空靈，轉而淒涼、清寒。這種情緒波動的層次既不協調，中間又缺乏可以轉折的交代，尤其由莊嚴而歡樂而空靈的連接是很不「順理成章」的。就這一點而言，〈廊外，熱血和生命〉要統一多了。

(二)氣氛的烘托

作品中有了情緒喜怒哀樂的重心後，便要從事氣氛的烘托，來催化讀者引起共鳴。朱自清的〈荷塘月色〉情緒就在「靜」上，所以作者用了「曲折、幽僻、寂寞、蓊蓊鬱鬱、陰森森、淡淡、陰陰、隱隱約約」等詞來製造環境氣氛，是很成功的例子。在本集中，作者有些地方是忽略了的。像〈風城印象〉中，寫在通往風城的車廂裡，由窗外紅磚砌成的磚窰，及高直冒煙的煙囪之後，跳出了一句：「『風城』真是一個詩的名字，我默默地在想。」（二六頁）接著一段寫：

過去一位中部的朋友曾告訴我說風城有很多名產，尤其是米粉和肉丸，同時我又想起在不久前，他特從風城寄來一大包「豆腐干」，辣得難以下嚥，且在他的信裡還說什麼，這是名產呢？……

「詩的名字」的意象，怎能生起在磚窰、米粉、肉丸及不受歡迎的豆腐干之中呢？又如〈入山時的靈感〉，起先是帶著「一種豪邁的心情」入山，前兩段利用排偶形式推出長短參差的句子，節奏輕快，色調明朗，但轉到中間時，就寫道：

六月真是令人感到極度的厭倦……看鳳凰木在這季節裡很瀟灑地讓艷陽晒成油絲……我們反覆地在那些翠竹的枝葉上，描繪著無數錯亂的恐懼……（四頁）

「厭倦」跟「恐懼」便破壞了全文輕鬆的氣氛，而「瀟灑地」夾在中間，可也真尷尬得瀟灑不起來呢！氣氛烘托不統一，會造成散漫的意象。作者這個缺點，相信是因為他太注重遣詞造句的關係，會不免因文而害意。

㈢結構的完整

寫作散文，不論是寫時間的遞變，或空間的轉換，或景致的層面，或情感的起伏，文章給人整體的印象，必須在秩序上有次第，也就是要有結構。散文並不是「散漫為文」。古人在散文上講究氣勢、脈絡、章法，早已極盡其能事。

而本書作者，似乎是不在意結構的，有些題目，本身就說明了沒「結構」的，像〈戶外的斷想〉、〈心靈的動向〉、〈斷想曲〉、〈信手拈來〉便是。在集子裡，個人比較偏愛〈想起頭城〉、〈入山時的靈感〉、〈暖陽〉、〈來到屏東〉、〈三地門的風景〉，便是因它不但文字磨造得纖巧，構架也比較完整。這裡，我們提出幾篇來討論：

〈想起頭城〉寫作者到頭城露營，在營火中想念故國，以及頭城的風、雨、山、海，和作者廿一歲的生日。這裡，可以把握兩個重點，①由頭城而想到長城，前文已經說過，是由「城」字引渡過來的，不是空穴來風。②遊頭城，恰逢生日，可以藉機發抒作者對「生命」的觀念。可惜這兩點，作者都未十分把握住，只點到而已。而中間又穿插其他的描寫文字，更沖淡了讀者的印象。本文的缺點就是作者想表達的東西太多，前邊除了開頭第一行，以下七行都可以刪去的，寫到頭城「車上」的事既不精彩，擺在文前，實為佛頭著糞。

在想念故國長城之末，來一筆「夜漸漸深了，濤聲替代了伙伴們的笑浪」便可以收筆，作者偏又寫一陣山雨。接下一段寫第二天的山霧、風、海浪等，似乎也可以割愛，或者把較美的意象插入思念故國或生日感懷中。

這篇文章還有個令人費解的地方；從來到頭城到生日那天，佔三分之二的篇幅，為期是兩天一夜。接著是「三月一日」生日，寫完了生日，接著是「離開頭城的日子，是在四月一日雨後的下午」，那麼在這之間，已越過了整整一個月了，從全篇行文的語氣，在字裡行間，都表現的只是短暫之旅，否則一個多月的時間，豈能只抓住頭城這麼一丁點平凡的單象？

〈入山時的靈感〉除了前邊所說氣氛有些不協調外，在那一段想像青竹鬼的恐懼之後，接著兩段突兀的感想，會「懷著屈夫子的悲傷走過那條溪，在那時真有一股說不出的痛楚從心扉的兩旁擠來」云云，承接無續，有點前不著村，後不著店的。類似這種例子，在〈窗外的世界〉也有，在作者「把頸子往窗外一伸……有時我也會在想著一個問題，……此刻又不免要想到遠在二千三百年以前我們的大詩人屈原，在他著名的詩篇〈天問〉裡的一首詩了。」（一一二頁）於是翻譯一段〈天問〉文字。然後再想到《莊子》中的寓言。下一段才收回到「窗外」，這兩段橫插文字，實憑空而降。

〈走在山徑上〉作者也「有很多聯想」，於是推展開來，一個是聯想到童年故鄉，一個是「聯想到另一條無形的道路——人生的旅途，不也是和這條路一樣嗎？」（一一頁）把聯想推展開來，產生兩條很好的脈絡，可惜作者沒善加把握。前者聯想已節錄於「寫景」節內，是不很精彩的，而後者，由山徑崎嶇而想到人生旅途多蹇，也失之太俗太平凡了。

〈春天〉一文的結構也很奇怪；前三段分別寫春到、春景、春情。以後六段則無一字提及春，內容也不能與春配合。這在扣題上，似乎有點失著。要改正這個缺點也不難，後數段可承接第二段說的「早春將會帶給我一些新希望和新生命吧」（八一頁）而發言，末尾再提及春天的啟示或溫暖，以便與首段呼應。岔開題目說話，也不是絕對的缺點，但必要注意離題須由題目帶出，收尾須再帶入題內，否則就會如前人所議「一行白鷺上青天」，一去不回了。

為了結構上的完整，有時也該狠下心來割愛，像〈在山城裡的日子〉長達四段的「前言」太多，〈風城印象〉前十一段寫久未郊遊，假期無聊、接邀請函、應邀、候車、擠車、看窗外、想風城、名產、抵站等等，全與「風城印象」無關，更重要的是這篇文章的筆調，在這之前是完全像集中第三輯的風格，跟此後寫風城的文字迥然不同，實有刪削的必要。在〈走在山徑上〉，個人覺得，當走進廟中時，以排比文字呈現，極有韻律，如在此收筆，更有韻味。後邊兩段就把氣勢拖緩下來了。當〈千樹林裡的回憶〉的倒數第二段的末尾：「匆匆的到來，又匆匆地離去，猶如岡上的那陣風，所以在心裡難免會有些依依不捨之情的。」（一九頁）已是多餘，末尾還有一段，更可以割愛了。

寫作到達某一個程度後，想更上層樓，往往要經過不斷的努力與突破，這時，不但要支出血汗與心力，有時還要透支天分。能突破高原期，便柳暗花明，又見海闊天空了。寫作的境界是一座沒有頂的山峰，在攀爬的時候，只能享受「過五關斬六將」辛勞換來的安慰，而有志寫作的人都願意接受這種試煉。本書作者在「後記」中也說，平時讀李杜等人的詩，韓歐等人的文章，也為自己的作品找到了「根」，願意付出「淚和血的融合」的努力，我們也為作者找到努力的方向而慶賀，作者有足夠的才智與慧心，所以我才做如此吹毛求疵的批評，無非期待著他能紮下那「根」，突破另一個關卡，迎接另一個豐收。

（六十五年五月《文壇》月刊）

評介白辛的散文

民國五十七年，白辛的第一本散文集《葉脈上的蝴蝶》出版後，緊接著，五十八年再出版《輕歌》，而六十一年，他的《風樓》又悄悄地誕生，並且獲得了中山文藝散文獎。這三本書，作者都用他一貫的文風走筆，正如盧郁斐先生在《風樓》序中所說的：「其中充滿坦誠，自然而淳樸的情感，有鄉土田園氣息，有東方文化特有的悲憫而謙虛的胸懷。」道出了白辛的人格與文風。

散文是最容易表達作者性情的，對白辛尤然。從他的三本集子中，讀者可以看見他成長的軌跡；雖然沒有轟轟烈烈，可歌可泣的偉大事業，但也有不少需要披荊斬棘的生活困抑。對一個多愁善感，觸覺靈敏的人來說，要面對著生活陰鬱愁慘的一面，不但能不被生活打倒，且要站立得更挺直是不容易的；「現實生活，永遠是一個深不見底的窟窿」(《風樓》)，人似乎永遠無法用雙手填補現實生活的漏洞。但白辛知道知足常樂的道理，也更懂得珍惜自己擁有的一切；所以他能以一顆純然的赤子之心，去面對世界，感念世界。也因此，儘管在他的文章中，常常可以看見一個柔弱文人很深沉的悲涼，但是白辛總會在萬端無奈中再堅強自己；像〈我要回去〉（《葉脈上的蝴蝶》——以下簡稱《葉》）便是很典型的例子。正如他在〈燃燒的火焰〉（《輕歌》）中所說：「在枯灰中撥尋星亮」。也因此，他那一貫的文風——從陰沉到亮麗，不只呈現了他個人心境上的「撥雲霧而睹青天」，也給他文章增加了「柳暗花明又一村」的款擺姿態。

白辛三本集子的取材來源，不外乎家庭、學校，以及他服兵役期間的軍旅生活。家庭包括他的母親、妻兒、童年與家鄉；學校包括他的求學、老師、朋友與教書。

就素材而言，白辛寫作的範圍的確不廣。但他能從這有限的素材中不停的寫作，是因他有一顆熱心，「擁有那樣燃燒的心——為人家不激動的事激動，為人家不興奮的事興奮，為人家不煩愁的事煩愁。」（《輕歌》）所以，同樣的事，也會一再的感動著他。

寫得最多的是作者的母親；如〈鄉思、親情〉（《風樓》）、〈小園春暖〉、〈母親與我們〉（《葉》）、〈故鄉之歌〉、〈不滅的燈〉、〈歡聚苦短〉、〈燦爛的陽光〉（《輕歌》）等。其次就是作者度過童年的嘉義小鎮朴子，以及作者早逝的父親。

本來，生活範圍的廣狹，影響寫作素材的多寡；但並不因此影響作品本身的深淺度。王國維說得好：「客觀之詩人不可不多閱世，閱世愈深則材料愈豐富愈變化……主觀之詩人不必多閱世，閱世愈淺則性情愈真。」生活圈子較窄的人，可以從性情率真，感受深入著手。所以，在寫作上重複題材本無可厚非，但在技巧上則須有所變通。我們曾經討論過琦君的作品，她一再重複寫的母親、長工、表叔、姨娘、老師，仍不失其可愛，便基於她能從不同的角度來描摹，讀者看了，非但不會生膩，且喜能從各個片面去了解她筆下的人物。就這一點而言，似乎很值得白辛取法；因為在他的三本集子中有許多重現的畫面，以寫母親而言，寫作者返鄉，母親乍見之喜，及留戀不忍去的情景、語言、形式都時常重複。其他如寫到父親之死，〈風夜低語〉、〈不滅的燈〉(《輕歌》)及〈母親與我們〉(《葉》)便是重述；又如〈長明燈〉(《風樓》)跟〈歡愉的生命〉(《葉》)都是記一位小學老校長的，也犯著重複的毛病，連文章的開頭都幾乎雷同。這些，在寫作過程中，只要稍加注意便可以避免了的。

古人作文，特別講究章法，而今新文藝作家寫作散文，似乎不那麼強調了。其實，在意境跟文字上有過一番鍛鍊後，在章法上再加一番心思，會使散文看來更無懈可擊。白辛的散文中，我特別喜歡他〈西窗外〉(《風樓》)的構架，便是因這篇運用過匠心。

〈西窗外〉以夏日黃昏為背景，臨窗的案前，攤開書正欲展讀，卻被窗外的景致所吸引。第二段寫出作者對窗外的驚悸，先來個煙幕，第三段才以輝煌的筆調牽引出繁富燦爛的夕陽景色。前三段相銜接，不但骨節靈通，而且氣脈流轉；這是因為每段中能提頓折落，所以有骨節；每段間能互相呼應，所以有氣脈。

從第四段開始，氣勢便緩了下來。作者花了三段來記錄對一棵老榕樹的玄想，接著是對一堆起伏在草間的石頭的想像。走筆至此，都是對靜態事物的描繪，下兩段，便是活潑的動態寫生了；一群天真說夢的孩子走進了畫幅；在孩子身後的遠山，又走近一個耕樵的老人。從老農的走近及走遠（走回他自己的家），作者的視線也跟著收回到書本：「案前的書，翻的仍然是最初翻的那一頁。」在這「一頁」之間，作者經歷了長長的黃昏：「恍惚間，我像走過了很多的路，看過了很多的東西，聽過了很多的聲音；山中陰暗的角落裡，也顯得柔美而明亮了。這樣，啊，這樣，說一頁書都不曾翻過，怎麼可能的呢？怎麼可能的呢？」

作者以書的「一頁」關鎖住全篇，不只前後呼應，並且以「小」包「大」，用一頁書來包含許多窗外的美畫，不但緊湊，也隱喻了窗外山水也是案頭文章般足以使心中「柔美而明亮」的。

文章要能前後呼應，在當初造意時，便須分出層次，立定間架，派配段落。像本篇，第二段先以驚歎吸引住讀者，再以閃耀的色彩滿足讀者，接著是歸真返璞的靜態攝影，再繼以動態——甚且聲音（兒童的對話）來掀動畫幅。最後用一個老農的漸遠來落幕，很有悠然之感。

在全篇的「視境」上說，本文也有著前後貫聯的地方，由一頁書（一小點），擴展至窗外廣闊的世界，像一下子放大的特寫鏡頭，最後，用一個老農（一絲線）逐漸縮回視界，歸返一頁書（一小點），很有以尺幅包蘊千里之勢。

在白辛的集子裡，類似這樣結構的並不多。他的散文結構形式，出現最多的，是像〈輕歌〉、〈風帆〉、〈花林〉、〈燃燒的火焰〉、〈燦爛的陽光〉（以上《輕歌》）、〈星光〉、〈山林之曉〉（以上《風樓》）、〈一串雨淚〉（《葉》）等的造型。大體上每篇有一個主題，然後綴合許多片段成篇。以〈風帆〉而言，各段毫無銜接可言，只是拼湊起來而已，而〈輕歌〉雖能相銜接，但痕跡也極微弱。這種散文構架，並非不宜寫作，只是不適於成為一個散文家作品形式的主流。因為它的架構太簡單，談不上「結構」，如果萬一內容稍差，便易惹來餖飣成篇之譏了。

白辛寫作的內容，大多屬於質樸純真的一面；而他的文筆，都是經過刻意經營的，所以有著靈俐的節奏，華美的外衣。寫作散文，如能對遣詞用字有某種程度以上的訓練，在雕琢之後再歸回率真，必能妙造自然，閒雅可誦了。

一般文章大體有陽剛與陰柔之分，陽剛的文章雋快而雄直，節奏明朗，聲調鏗鏘；陰柔的文章溫潤而縝密，節奏舒緩，聲情和平。白辛文風屬於陰柔型，不論寫人、敘事、抒情、描景，都讀之成調，聽之有韻。可惜因有些文字失之繁蕪，構架不夠嚴謹，有時不免破壞了全篇的氣氛。但片段擷拾，仍不失為妙文；例如〈夜，走在小鎮〉（《輕歌》）的第一段便是充分利用了平凡的文字連綴成有韻律的美文：

……這著實是個單純得令人想醉的地方，像顆不亮的星子，默默的嵌在黛藍無邊的天幕一般，悄悄地落在嘉南平原上，誰都不會注意它的存在，但是誰也不能否定它的存在，多少變動的年代，多少光燦的歲月，在它的沉默中過去，那些，對它來說，都只是一絲清風，一片薄陽，它就是那麼一個樣子，樸拙得不想、也不願改變自我。所以，當我踽踽在小鎮時，常常幾疑自己是淡雲、是落葉，在飄泊的逆旅中，當我心力已疲，步履已艱，它是我唯一不再需要思想，不再需要惶恐，可以任意歇息行腳的地方。

在這兩百字中，作者參差用著譬喻、類疊、對偶、錯綜、映襯等修辭手法。而在譬喻修辭中一用明喻，一用隱喻；在類疊修辭中，或用疊字，或用類字；在對偶句法中，則單句對與句中對交換使用。以下試詳細說明：

「像顆不亮的星子」把小鎮比喻成星星，是明喻；「幾疑自己是淡雲、是落葉」，「是」上省去「像」字，所以是隱喻。而連兩「是」字又形成了類字。「誰都不會注意它的存在，但是誰也不能否定它的存在」及「樸拙得不想，也不願改變自我」也都是類字。而「默默」、「悄悄」、「踽踽」、「常常」等疊字適時地出現，增加文章委婉的氣氛。「多少變動的年代，多少光燦的歲月」及「心力已疲，步履已艱」是對偶句法中的單句對，「一絲清風，一片薄陽」則是句中對。之後「不再需要思想，不再需要惶恐，可以任意歇息行腳的地方」前二句否定，後一句肯定，又形成錯綜修辭格。「單純得令人想醉」，按說濃的東西才能使人醉，但單純卻能使人醉，這裡用的是映襯法。在這些修辭之外，值得我們注意的是作者的文字毫不華艷，它之可貴，完全在以高度的修辭技巧，比配成有韻味的氣氛，使他的文章在純樸中顯得高貴。

此外，白辛的文字還有一個很大的特色：喜歡用排偶形式製造疊句、疊字。幾行奇行文字，帶入數排整齊偶句，往往因參差見奇，文章讀來便如水生漣漪，雲行卷舒。白辛的疊句如〈煙雨〉（《輕歌》）收尾：「我看到老人的眼睛裡，也有一片濛濛的煙雨，一片濛濛的煙雨。」重複句子，增加餘味。又如〈風夜低語〉（《輕歌》）：「孩子，敬重你的工作，以你實在的學能和奮力去獲得你應得的，千萬不要晦暗了你的靈臺，千萬不要晦暗了你的靈臺。」又如〈花林〉（《輕歌》）：「要是沒有哭，沒有笑，也沒有愛，那麼，人生會是什麼樣子呢？會是什麼樣子呢？」同篇：「你這個愚劣的人，到底曾做了些事，到底曾經做了些事。」同篇：「多渴望幻做青鳥一隻，飛越藍空，尋訪你們的長窗去，尋訪你們的長窗去。」等等，不勝枚舉。這些句法，用太多了也不免會失之板滯。另外有些稍加變化而成「類句」修辭格的，如〈珠冠〉（《輕歌》）：「我竟有什麼理由比人獲得更多？真的，我竟有什麼理由比人獲得更多？」〈風帆〉：「已經太久了，我在摸索、追求這樣一位不霉濕、陰黃的朋友，已經太久了呀。」這是古人修辭所謂的「隔離反覆」。此外，又如〈山中書〉：「你們也被這樣的情景感動過嗎？也被這樣的情景感動得覺著非奮勵不行嗎？」又如〈輕歌〉：「我用所有的縱容去縱容牠們在我的小屋流連；我用所有的喜歡去喜歡牠們所織就的星網。」又形成「類字」修辭格，若此等等，或加強語勢，或強調情感；形成作者文字很明顯的特色。不過以上所舉諸例在修辭格類疊中是相當常見的，而且用多了，也會減少它的功效。值得一提的是經作者變化之後造出的句子倒有相當美感；如〈山中書〉：「我們那曾看過紫藍色彩？真正的紫藍在秋山，那麼深厚濃重；我們那曾看過落葉的意境？真正落葉的意境在秋山，那麼慌亂迷惘；我們那曾看過水的流韻？真正的水流在秋山，那麼清新若曉；我們那曾看過沉思者月下的容顏？真正的沉思者是秋山，那麼凝定含蘊……」句型的重現，文句的吞吐，加強了秋的神秘，這是用繁縟之筆映襯裊裊情思的好例子。又如〈鳴琴谷的秋天〉《輕歌》：「幾乎是一整個秋季我都在尋覓著，秋天鏗鏘的足音在那裡？秋天閃耀的光彩在那裡？秋天深情的容顏在那裡？而秋天即將隱逝的時候，我終於在深深的鳴琴谷發現了秋天的生命，它仍帶著成熟的深沉。」前三句類句相疊，加強語勢，到第四句故意拉長句子，道出結論，更見婀娜搖曳之姿。這句法跟《風樓》後記中的用法相同：「沒能有優美的文筆，我原諒了自己；沒能有動人的故事，我原諒了自己；沒能有巧妙的技巧，我原諒了自己；而那一刻之後，當我燈下提筆的時候，如果沒有對人對事的愛呢？我卻不願厚待自己了。」前三句整齊相疊，到第四句則以奇筆見出疏落之致。大凡疊句之法，有兩句一疊的，有三句，四句一疊的，不論多少句相疊，總要一氣蟬連而下，中間或尾部必須有頓抑之筆。前邊所舉的例子便沒有這種效果，所以失之板滯。而末二例能有此優點，就顯得格外鮮活了。

白辛的文字是繁縟的；有時，有些意思重複而並不增色的文句，使得文章失之累贅、冗長。韓愈說：「陳言務去。」這應包括作者自己說過的「陳言」。這在前邊談素材時已略提及。此外，修辭必須切題，若不能切題，便是浮辭。以〈夜，走在小鎮〉來說，開頭（見前引文）既是那麼優美，但因後數段沒能扣住首段所舉的幾個特色，以實筆加以擴充描繪，卻拉雜的寫了些童年舊事充斥其間，結尾卻以居士的燈光結束，也沒有回應首段。許多文字便成廢筆浮辭。又如〈青燈裊裊慈母心〉（《輕歌》）首三段的文字與題旨無涉，跟後文亦無關聯；若此之類，已屬於結構上的冗枝，都是應該刪削或精簡的。

白辛的三本散文集中，還有一些「小品小說」夾在裡邊。這幾篇小說，主角、內容，乃至筆法都差不多，而文中的語言也都是一式的。作者是嘉義人，但他的文字卻是十足的國語調子。所以他小說中的鄉村小孩、老人、母親，也都沒有「鄉土語言」，就這一點而言，作者是不宜寫作小說的。另外，作者以第一人稱出現的小說，仍以散文姿態走筆，便有許多不襯處。例如〈海的浮光〉（《葉》）中，以十歲小男孩為第一人稱，寫他的感覺：「阿培表哥到我家，星星正是小風燈一般，一盞一盞紛紛點燃了起來的時刻，院子裡的梔子花香把人給薰醉了。」同篇：「我已經躁亂得有如他畫面上多種而不規則的色彩。」又如〈葉脈上的蝴蝶〉（《葉》）中以小學五年級的男孩為第一人稱：「她用她的大眼睛望著我，眼裡有奇異的亮亮的東西在閃著，然後，那些跳躍的亮光，匯成一條月下的小河，泛出河堤。」類似這種擬物手法，在小孩的腦子裡本來就不容易產生，何況文中的男主角的個性也屬於粗枝大葉的躁亂型，不該有這麼細密帶著詩意的聯想。所以，個人覺得，這些小品小說，價值是不如作者的純散文。

出書，是對過去寫作某個階段的一次整理，有時因為篇幅的需要，不免精粗俱收，但等出了好幾本之後，似乎就可以精挑細選的出一本「自選集」，對於白辛，我也持著這種看法，相信會更膾炙人口的。

（六十五年四月《文壇》月刊）

析評白辛的〈西窗外〉

在〈評介白辛的散文〉中，曾對他《風樓》中〈西窗外〉一文的結構做過簡單的分析。筆者認為，〈西窗外〉在結構、氣氛烘托與修辭上都是一篇值得做抽樣分析的文章，於是再度搦筆，把它做個總評。

這是一篇以「夕陽無限好」為主題的散文。類似這種題材，久已被人寫「濫」了，要推陳出新，並不容易。而白辛卻能在這抽象的主題中，抓住一些具體的事物，使「物象」與「幻象」交融。

作者首先鋪陳夏日黃昏適宜讀書的環境，於是攤開書（第一段），當他正要風簷展書讀時，先推開「矮矮的窗子」，接著一陣驚悸（第二段），所見到的不是書中的「古道照顏色」，而是窗外夕陽造就的一派豪華（第三段）。接著是對夕陽下榕樹的玄想（四、五、六段），然後「錯認」一堆起伏在草間的石頭是塞外「風吹草低見牛羊」的畫幅（七段），接著一群小孩的童言嘻談（八、九段）。而後是對遠山的遐想（十段）引進一位耕樵的老人，視線由老人漸行又漸遠的步履收回到書上（十一、十二段），「看看案前的書，翻的仍然是最初翻的那一頁」（十三段）。

一、二段實際上不是在寫「西窗外」，看來好似廢筆，其實不然；作者有意製造煙幕。首先極力鋪陳夏日黃昏是適宜讀書的時光：「只有這樣的夏天，只有這樣的日子，才得有這樣無波的心境。」前兩句指「天時」，後一句指「人和」；「案前攤開一冊心愛的書」又是「地利」。在「天時」中，作者還選擇了一天中最好的時光——黃昏。這一段用了「只有這樣的夏天，只有這樣的日子」類句強調「天時」，又兩度重複「案前攤開一冊小小的書，恍惚間，胸壑裡已經飄滿了悠冷的書香」來強調自己原是心無旁騖準備讀書的。第二段卻用三行文字，繁複地寫出一胸對窗外世界的驚訝（文中三用驚歎詞「啊」）。本來首段那麼鋪陳讀書環境，第二段是應該承接前段，引導作者進入書中世界的，只因作者推開了窗子，一反前邊，使他的心，一下子全然貫注於窗外。這種手法，不是文章中「起承轉合」的「承」，而是詩家的「大開大合」了。

既然窗外那麼具有決定性的吸引力，使作者毫無招架之力，那麼下一段文字，就非特別著力不可，否則前兩段「吞吐」的文字全然報銷，而讀者也會有受騙的感覺。所幸作者並不使人失望，他把夕陽景色比做「中古歐洲貴族們將要舉行盛大的舞宴」，窗外明明是一個靜態畫面，卻被作者的濃郁之筆寫得熱鬧非凡；「夕陽像酒」給讀者以味覺、嗅覺，「又像輝煌的燈盞，把杏黃的光輝全放了下來，那樣帶著金子的杏黃色」、「無處不燈光閃爍」給讀者最豐富的視覺感受。「一片柔艷的霞光」用一「柔」字，不但是視覺，且是觸覺的作用了。這一幅靜態寫生既被比擬成舞宴的開始，於是加添了音響：微風幻化成「絲竹」，「幽幽繁響」起來。在色調上，作者也注意到夕陽下最顯眼的主調是黃色，所以這一段三度使用「杏黃色」，除了顏色、聲音、味道所給讀者各感官的感覺外，作者還有像「黃昏豈曾這般華貴！」「夕陽豈曾這般爛醉？」等給讀者整體的感受。

在結構上，這三段是不可分開的。一、二段之間有很大的提頓折落，使得文章的骨節極靈通。而二、三段銜接自然，使得文章的氣脈能流轉。

接著三段，氣勢便緩了下來，文筆也由絢爛趨於平淡，否則，讀者可能會生膩。作者由一株榕樹，引發起思古的幽情，因而聯想到老杜吟詠的千年古柏。在這裡，個人覺得作者有一個小缺憾，寫榕樹時說：「窗外那棵樹，想必是榕樹了。它在那兒很久了吧！」在臺灣，榕樹是極容易辨認的，而這棵樹，在作者筆下也不是遠樹（他還想探手去握它），作者不宜對樹名作此「懷疑」的筆法。而且，一定要肯定它。因為榕樹一般都有「鬚」，給人以蒼老的感覺，作者應該由此而肯定榕樹是「老」的，不宜作「在那兒很久了吧！」的帶問語氣。唯有肯定了榕樹的老，才好把思路牽引到「古柏」，聯想既合理，也能跟段末「老榕依舊」呼應。

第七段是繼前三段對「古舊」聯想的尾聲，窗外一堆堆半隱在草堆中的小岩石，他幻想塞外牧人的羊群。

從第三段開始，作者筆下就一直泛濫著想像，到第八段，想像倏然收回現實。此間的轉折，便是由「遽然就響起一片清音」（兒童的話）而來的。在此，有一點值得注意，本文中作者使用過的「音響」字頗多，第三段寫風的「絲竹幽幽繁響」、「殷勤的吟唱」，第四、六段寫蟬聲、第七段寫想像塞外的「駝鈴搖響」、「關外的悲風鈴響」，甚至第九段對遠山想像中「鳥禽啼曉、蟄蟲唱月、澗水長流」。這些音響字眼，絕大部分來諸作者的想像，而且，一般而言，風泉蟲鳥之聲，原屬大自然的聲籟，對人的耳膜多半產生諧調作用，使人更易發生移情效果。所以在這篇文章中，它們算是「虛筆」。而孩子們無遮的笑語，才是落實的人類聲音。且作者明引了他們談話的內容，與前者相較，它便具有更逼人的力量。才能敲醒作者的夢遊，使他從「塞外」返回現實，聆聽孩子們一個個自述志願。但作者是極富想像力的（本文的特色，也是由想像堆疊而成），立刻又由孩子天真的語言，回想到自己童年的志願。

第十段是另個起頭，作者的視線由孩子身上挪向遠處的山色，從遠山，看見耕樵的老人。這裡也有一點值得注意的；由於作者的想像一直馳騁在古與今之間，而老人是從遠處走向作者，所以作者會幾疑老人是從「古」走出來的；「我幾乎要驚喜的喚住他，問他可從那一個朝代而來?」當老人走近時,作者看見他「那張寫滿了歷史的臉」、「兩條健壯毫無老態的腳」,思想又落回現實。當老人又漸行漸遠返回他自己的家時,作者的幻像又隨著老人的逐漸消失而想像他回到農家:「我眼裡的老菜農,剎那間,也不再是一個老菜農了,是一處草樹豐美的莊落,一座深沉厚實的山野,一片波光盪漾的湖水,一個自然無華的世界……」這種想像是很合理而美麗的。在作者的感覺中:「心中的世界是個聚點,愈來愈清晰,暮色卻是愈來愈濃了,愈來愈濃了。」對老農居住的村舍想像逐漸清晰時,「西窗外」,黃昏已漸老,暮色更濃,視野愈模糊。這種「清晰」與「模糊」的對比映襯,也極有韻味。

因窗外的昏暗,作者遂收回視線放到書本上,而書,一頁也沒翻。與首段正好呼應。在這一頁之間,作者經歷了長長的黃昏:由夕照輝煌到暮色已濃,便是個完整的構架,又用書本的「一頁」來關鎖住全篇,不只是盡了前後呼應之責,且含了以「小」包「大」的意義,用「一頁書」來包含許多窗外的美畫跟作者的想像,不但緊湊,也隱喻了窗外山水,也是案頭文章般,足以使心中「柔美而明亮」的。杜甫詩句中有「尺幅應須論萬里」,正是這種境界。

在全篇的「視境」上,本文也有著前後貫聯的地方,由一頁書(一小點),擴展至窗外廣闊的世界,像一下子放大的特寫鏡頭,最後由一個老農(一條線)逐漸牽回視界,返回一頁書(一小點)。效果明顯而強烈。

在段落的結構上，前三段成一體系，重點在第三段，是對眼前景物的擴大想像，屬於空間的拓展。第四、五、六段由榕樹的聯想，引到杜甫詩中的古柏，及老杜堅毅的精神，向歷史中想像，屬於時間的回溯。第七段見岩石而遐想塞外風光，又是空間的拓展。至於第八、九段，是返回現實，由小孩的嘻談，聯想到自己童年的夢想，又是時間的回溯；第十、十一、十二段，由遠山而老農而引起對山林、對老農、對農舍的幻想，又是空間的拓展。這種時空的排比，使畫面活潑不少。而第四段到第七段聯合起來與第八段到第十二段，又形成一大對比；前者是在歷史中的遐想，後者是在現實中的幻覺。

在文字的修飾上，本文也是很華美的。前面我們已對第三段有約略的說明。此處，再把全文修辭上的特點說一下：

㈠類疊排比的穿插　白辛喜歡用重疊、反覆、對偶、排比等方法組成語句，穿插在散文中。這種習慣，幾乎是表現在他每一篇散文中。這種方法，可以造成變化活潑的文氣，及有韻律的節奏。本篇開頭：「只有這樣的夏天，只有這樣的日子」，因為字面的重複，不但意思上有強調的作用，在節奏上，又有輕快的效果。「恍惚間，胸壑裡已經飄滿了悠冷的書香。」隔離在首段的前後重現，以及「你該到山中去，聽聽自然的聲音，你該靜一靜，看一冊喜愛的書。」這種類句，也都有同樣的效果。所以本文第一段就給讀者很好的印象。另外，第三段也有一句很成功的例子：「黃昏不是黃昏，夕陽不是夕陽，微風不是微風——

黃昏豈曾這般華貴？夕陽豈曾這般爛醉？微風又何嘗這般殷勤的吟唱？」前面三排類句，接著一個轉折，又三排類句來說明，有抑揚頓挫的款擺之姿。剛剛所舉這篇文章開頭是類疊，而全文結尾又用疊句收束：「說一頁書都不曾翻過，怎麼可能的呢？怎麼可能的呢？」增加餘味。其他本文中類似的例子還很多，不必繁舉。

㈡設問修辭的運用 本篇在修辭上另一大特色是設問句法的廣泛利用。行文時，改變平敘語氣而成詢問的語氣，能提醒讀者的注意。像第三段開頭：「是否是中古歐洲貴族們將要舉行盛大的舞宴？」明明作者認為夕陽景色就像「舞宴」，卻偏發起疑問，很巧妙地表現了作者驚訝不置的感情。又如「黃昏豈曾這般華貴？夕陽豈曾這般爛醉？微風又何嘗這般殷勤的吟唱？」連續三設問句，更加強前面三個否定句的力量。又如篇末連用二重複設問句，不只更肯定了作者自認已「走過了很多的路，看過了很多的東西，聽過了很多的聲音」的收穫，且使全文產生繞樑的餘韻。

不過，作者在〈西窗外〉中，設問句法用得太揮霍了。全文只有四千字，卻有四十一個問句，讓人覺得太濃妝艷抹了些。

㈢語助詞的泛濫 語助詞用得恰當，不但能加強意思，也能助長文氣的活現。作者的確利用語助詞增加了文章的感情，但似乎使用得太泛濫了些，反而顯得感情過分濃膩而失真。全文四千字中，顯眼的語助詞就有四十七個。其中「啊」字最多，佔十四個，「呢」字有十一個，「嗎」字五個，「喔、呵、噢」各三個，「吧、呀、啦」各兩個，「咳、哦」各一個。個人覺得「啊」字尤不該輕易使用，而本文卻用得最多。像六段「啊，我幾乎要泛淚了」，七段「啊，我的夢境那麼多」，十二段「浮向他的家啊，浮向他的家」，都不必借助於「啊」的；而第十段「啊山……啊山」，隔句重疊，也並不替文章增色。語助詞在文章中，像烹調中的蔥、薑、醋、糖等佐料，撒放的多少要有分寸；否則，適得其反。

白辛的文筆是繁縟的，所以，有時不免有冗句出現。像本文第八段，寫孩子們自道志向時：「『我將來，要做李政道和楊振寧。我對科學有興趣。』噢，李政道、楊振寧，二十世紀，兩個震驚過科學世界的中國人。」類此，每一句都加一句「按語」，不但顯得累贅，且又每句各分別加入一「噢、啊、喔、噢」字，實在膩人。

又如第十二段，寫老農拿的不是小鋤，而是「一管木簫，一支短笛」，簫則簫，笛則笛，二者既非同一物，也無必要重複。這已不只是古人「絲竹管絃」重複之譏了。

〈西窗外〉的文筆跟意境，與作者其他文章無何差別，但在結構上，不僅在作者自己文章中，且在目前散文林裡，都顯得非常凸出。作者如能善加把握其長處，相信必可為自己的散文開闢另一境界。

（六十五年六月《文壇》月刊）

附錄

談散文選集的編撰

——兼評《當代散文大展》

古今著述，浩如煙海，有作者專集印行的，是為別集；有後人董理各家著作的，是為總集；有專人選擇特出作者精華作品的，則是選集。

編撰總集，是資料的收集整理，要極盡搜羅之能事，但不必摻入編者自己的觀念，不必計較選文的技巧、風格，甚至作品的完整，斷簡零篇，也在所不棄。選集則不然。它可以代表一個時代文學的風格，可以寄託編者的文學觀。一本成功的選集，對後世有著極重大的影響，像一直流行不歇的《唐詩三百首》、《古文觀止》，便是最普及的選集。至於像徐陵的《玉臺新詠》、蕭統的《昭明文選》、茅坤的《八大家文鈔》、姚鼐的《古文辭類纂》等，在文學界的影響與貢獻，實不可以道里計。

民國初年，白話散文崛起，其選集也一直層出不窮。有的以年代為經緯而選文，有的以作者性質為選文範圍，有的以原發表刊物為範圍而選文。民國廿四年上海良友圖書公司出版《中國新文學大系》選收中國新文學運動萌芽期十年間的作品與史料。散文凡二集。所選作品只到民國十六年止。後又有《中國新文學大系續編》收民國十六年至廿六年間作品。民國六十一年臺灣巨人出版社出版《中國現代文學大系》，其中散文二集，收民國卅九年至五十九年間作品。所收範圍只限臺、港兩地。臺灣大漢出版社又出版《當代散文大展》收民國五十九年至六十四年間作品。巨人出版社又於民國六十五年出版《中國現代文學年選》六十四年度散文選凡一冊。然而六十五年度選則未見動靜，似乎打算偃旗息鼓。從選集收書的年代上看，自五四運動之後，從民國十六年到六十四年，除了《中國現代文學大系續編》與《中國現代文學大系》間不能連接，及六十五年後繼乏人外，大體還能銜接起來。而正中書局又有《六十年散文選》龐大的散文選集，收羅開國至民國六十年間的作品，似可彌補其間縫隙。

以作者性質為範圍的選集，如「女作家散文」、「大學生散文集」等等，卻零星出版，讀者很難從這些選集中窺見臺灣女作家或大學生散文程度的來龍去脈。報章雜誌各自出版選集的如《純文學》月刊的《純文學散文選》、《中華文藝》月刊的《三十四顆星光》、《金門青年》散文集《初翔集》、《中國時報》的《人間選集》、《中央副刊》的《中副選集》、《聯合副刊》的《六十四年聯副散文選》。以散文選集的立場而言，其中除《人間選集》、《中副選集》所收不盡為散文是一大遺憾外。這些報章雜誌的選集，除了《中副選集》，幾乎都是後不見來者的孤立姿態。《純文學散文選》只出了一本，《純文學》便已停刊。《人間選集》遲遲不見續集。這些原擬代表雜誌風格的選集，因跟不上雜誌本身成長的生命，而失去它的意義。

其他既不以斷代，又不以作者性質及刊物為範圍的散文選集極多。大抵剪刀、漿糊便能濟其事。編撰態度較認真的如書評書目社出版的《中國現代文學選集》散文新詩合集，將散文、新詩合為一爐，已不夠純粹。所選人數既不多，所選的作品風味又雜，論文、雜文、抒情、敘事全收，頗似大雜燴，只能說是現代散文的抽樣而已。

白話散文的生命不過六十年，至今出版的散文選集為數實不算少。然而，從質上評衡，似乎還沒有一本選集能發生像古人選集般的影響力。因此，回過頭來看古人選集之所以影響久遠，可以發現它往往具備下列幾個條件之一、二：

1. 過濾文學作品。
2. 展示時代文風。
3. 為一派理論系統提供佐證。

每一個時代的文學作品，多如過江之鯽，如未經專人選精汰粕，則後人研讀必不勝其煩。最早的《詩經》便是孔子刪削而成的選集。

此外，每個時代又有它自己的文學風氣、文學潮流與代表作家。詩特盛於唐、詞專主於宋、曲獨響於元，此固其大者。以詩而言，唐詩重高華、宋詩主瘦硬。以有唐一代而言：初、盛、中、晚四期風格不一樣，以盛唐而言，又有社會、浪漫、邊塞、自然等派之分，各派代表人物又各有異趣。在這樣一個百花齊放的時代裡，一個選集的編者，他不但要有能力瞻前顧後辨別各代風格的特色，還要能把握各作者的精神。反過來說，我們可以從一本夠格的選集中看出一代文風、一代作者的風貌。

選集可以寄託編者的文學觀。以《玉臺新詠》及《昭明文選》來說，兩者編撰時代相近，但風格不同。《玉臺新詠》的編者標榜華藻，所以全收豔情詩；《文選》編者主文情並茂，所以提出「事出於沉思，義歸乎翰藻」的文學觀。其所選的作品就較前者純樸。這便是基於編者文學觀的不同。推而廣之，選集還可以推波助瀾，促成某一文派的樹立，清代姚鼐從古文中樹立桐城文派，講究神理、氣味、格律、聲色。《古文辭類纂》便是建立桐城文論的選集。爾後為他推波助瀾的如王先謙、黎庶昌兩人分別編成的《續古文辭類纂》，他們除了在理論上繼承方劉以來相傳的系統外，又努力除去桐城派末流蹈虛的毛病，使桐城文派一直屹立不衰。到了民國，蔣瑞藻又編《新古文辭類纂》，參用姚、王氏的體例而成。桐城文派的勢力，就由這一冊冊的選集，代代接力下去，直到新文學運動才與舊文學一道衰歇。

選集往往還有附帶功用，能替未結集作者保存作品，或替已亡佚的別集保存部分傑作。如宋玉作品之散收於《楚辭章句》、《文選》及《古文苑》中。溫飛卿《握蘭》、《金荃》兩詞集都早已亡佚，卻在《花間集》中保存了六十餘首詞。

要編選一本成功而具影響力的散文選集，誠非易事。編選者本身先要有崇高的理想。或為保留一代文風，或為建立一代文派，或其他特定目標，如為某雜誌報章保留一系列精華文選等。總之，編者心中必要有所為而為，而且認真不懈。選文時也應注意幾點原則：

1. 捕捉時代精神，能代表時代的文學風潮。
2. 尋找能反映時代精神的作家群。
3. 把握作者本身的精神。
4. 保存特殊風格的作品；雖未能反映時代精神，然具特殊風格內涵的作品亦不當揚棄。

以上原則只是提供給編者選文時參考之用，或取其一、二項確實把握，端視編者選文的目標而定。至於實際著手編撰時，還須注意幾項必備條件：

1. 訂定選文目的與衡文標準：各種選集，莫不有其目的與範圍。因其目標、範圍不同，其內容旨趣也不一樣。因此衡文標準，尤不可忽略；前代人編撰，已不乏典範，如《文選》既標出「沉思」、「翰藻」，則所取之範圍為「綜緝辭采之讚論，錯比文華之序述」而經籍子史皆在不取之列。《唐文粹》標出「以古雅為命，不以雕篆為工；故侈言蔓辭，率皆不取」。

近人編撰可訂定編例，方能樹立嚴正的編撰態度。

2.內容技巧並重：這是針對散文選集而說的。一般人對散文技巧的要求一向從寬，不像對小說、詩歌那麼嚴。事實上，散文也是藝術，非詩非小說並不就是散文。因此散文要建立自己的地位，先要注意技巧的磨鍊。

3.提供作品研究資料：有關作品本身的，如作者其他著作書目、篇目；有關作者及作品相關資料的，如作者本人傳記及作品被批評、研究的文字篇目、書目等，都應列入附錄。

4.附錄其他參考資料：詳列當時報章雜誌全目，甚至包括各大專院校印行文藝刊物、出版散文別集、總集書目，及其他出版書目及文藝年鑑。

5.選文要標明原發表時、地。尤其斷代的作品選集，後人研究，才便於窺見當代文風的演變及各雜誌的風格。

古人留傳下來的選集，自有它優勝劣敗淘汰別人的長處，但縱觀許多名選集，也不無可疵之處。如《文選》在去取文章之間，蘇軾等人早有訾議。《唐文粹》，後人也多評它漏收許多佳作，而有濫竽充數的作品。又如《駢體文抄》，後人評它名為收駢文，卻也雜入散文。由此看來，選集最容易受訾議的便是編撰時，實際的選文不能配合編者自己標舉出來的衡文標準。姚鼐的《古文辭類纂》在古代選集中最受士林推重，也就在於它的「取去精嚴」、「蒐之博、擇之精、考之明、論之確」而為歷來選家所不及。現代散文選家，如能留意古人選文的長短處，取其所長，補其所短，更益以近代的新需要新發現，則繼往開來，前途無量。

遺憾的是，散文選集一直斷斷續續，沒有人，尤其沒有團體機關能花大量的時間精力在這上面。民國六十五、六年的散文選集便在懸空狀態。據云，大漢出版社擬攘臂而出，擔當承先啟後的重任，實是令人雀躍的喜訊。因此筆者再三細讀大漢出版社出版的《當代散文大展》，擬以此為基礎，提供野人一曝的意見。

《當代散文大展》民國六十四年初版，三冊，收六十八人的作品。它有幾項特色值得推介：

1. 所收文章限於民國五十九年至六十四年發表的作品。目標為替散文大系接棒。編者極力挖掘新人新作，因此有些新人的作品雖未必是作者的成熟代表作，但卻可從中窺見作者的創作潛力。

2. 為「現代散文」下定義：書前有楊牧先生為作「序」，肯定現代散文的幾個特點：(1)現代散文是以白話文為基礎的藝術。(2)現代散文仍能吸收古代散文的文字技巧及肌理的章法結構。(3)現代散文亦可學習西歐散文的語法和佈局。這三點雖不是破天荒的見解，但仍足以教育許多仍停留在朱自清時代散文見解的讀者。白話文並非「語體」文，白話文能吸收的面極廣，能進入的底極深。而白話文要重技巧、章法與結構，更是早期散文家所不曾注意到的。如果執著這三項目標來衡文，其選文必是「現代」散文。

3.選文以抒情為主：編者在「跋」中說：「這是一部個性鮮明，風格非常純淨的選集，從首至尾，通體貫穿的基線，乃是抒情風味。」

4.選文標準，編者於「跋」中標舉：「我們所執持的選文標準只有八個字：『妙發胸臆，獨出心裁』。」

5.編者主動選稿，堅持「認稿不認人」的原則（見「跋」），因此，它的確是用心從報章雜誌、文集中挑選出來的選集。而非漿糊剪刀雙管齊下做出來的「選集的選集」。

我們既視《散文大展》為繼往開來的大纛，因此，基於求好心切的心理，個人提出幾點意見以供編者參考：

1.力求名實相副：如果《當代散文大展》目標不在整個「當代」，則「大展」，不妨就編者性向所好，或取抒情作品，或收哲理文章；仍能形成選集風格。但既然編者目光直指當代，則選文角度必須面面俱到；以現出版的三冊《當代散文大展》而言，集內所收絕大多數是詠物夾以抒情。如詠月、夜、星、樹、蟬、河、海、風、雨、落日、四季等等，實為泛濫，而欠缺反映社會現實，如報導前方戰鬥、異國生活及社會百態的文章，全書如更名為「當代抒情詠物散文展」或者更恰當些。因此，編者如欲擔當起中國散文演進史的錄影者，則必須把眼光再放大，把角度再放寬，找出當代各體散文、各種風格的作家，方能呈現當代散文的風貌。

2. 樹立嚴密編例：編者選取文章供讀者欣賞，對大多數讀者而言，多少含有教育的意義。除了提供模範作品外，編者還應提出理論基礎，供讀者印證之用。同時可表明編者嚴正的立場。《當代散文大展》固然在「序」中為現代散文下定義，但如將「序」與「跋」同時參看，便可知道全書是編者在全集編好之後才請楊牧先生作「序」的。那麼「序」中所提出的見解未必能代表編者個人的見解，更難以指它為選文的標準。至於編者在「跋」中提出的編選原則如：「我們所執著的乃是此時此地，中國七〇年代，淵源有自的抒情風格，是言『志』的，是描述情性的，是事出於沉思，而義歸乎翰藻的，是抒寫性靈，縱馳想像的。」「我們所執持的選文標準只有八個字：『妙發胸臆，獨出心裁』。」「散文之散，不是『鬆散』，而是散行成文之意。不知道『首尾一貫、通體相符』，集中表現，不懂得刻意經營、戮力剪裁，不懂得在語言上突破，破舊出新、出奇制勝，是不會懂得散文真正的要妙的。」「我們所需要的散文，不是『素描基礎』的散文，而是在『素描基礎』上精益求精，向未知的美跨越的純散文。」這些零星點綴在跋中的見解，已代表編者的選文標準。可惜它一則欠缺整理，一則含意朦朧，尚未能有效的指引讀者。

3. 內容技巧並重：編者雖然提出《昭明文選》選文的標準作為圭臬，不過，細讀跋文及選文後，可以發現編者對散文技巧的要求也止於「散行文字」，而非如序文中所說的講究「語言文字、肌理章法」的。選文中多有過於抒情而忽略技巧的篇章。針對當前散文習於重「質」而忽略「文」的偏蔽，適度提倡技巧是應該的。

4. 編者苦心挖掘新人，實是一項可敬的義舉。不過，站在《當代散文大展》的立場，是要看文不看人的。也就是無視於作家的老少，端視文章本身的好壞高下。如為培植新人，編者可以做《中華文藝》月刊為新人而出版的《三十四顆星光》散文集而另編專輯。另外，在編撰態度上，編者雖明知漏掉大魚是在所難免，但也不能視為理所當然，更不能以此自慰，而應再接再厲，以期臻於完美。

5. 《當代散文大展》附有作者畫傳及簡介，資料過於簡略，連作者出版作品都著錄不全，更遑論及其他應備資料，選文也未標明原文發表時、地。至於全書的校對，更應精益求精，目錄及文內標題尤應避免錯誤。《大展》第三冊八九四頁便將作者漏列入目錄欄中，卻將文題權充作者名字，是一大疏忽。校對正文，也應力避錯誤，以《大展》第三冊〈生命的回音〉（七二五頁）文五頁半而言，便有五處校錯處。仍有改進的必要。

坊間濫竽充數的散文選集比比皆是，原不足掛齒。有許多有心人用心編撰的選集，仍有許多缺陷。《散文大展》亦在所難免。只因它勇於承擔這文學史上的重任，我們便不憚其煩的提出這些消極、積極性的諍言。我們相信完美不是一蹴可幾的，但慶幸自己正在朝向完美的路上，對《散文大展》我亦抱如是觀。

（六十六年十月六、七日《中華日報》）

附錄　評介王鼎鈞《講理》

民國初年以來，有幾位從事中學語文教學研究的學者，一直使我們非常敬佩與懷念。夏丏尊先生作《文心》、《文章作法》等書，朱自清先生作《經典常談》，又與葉詔鈞先生合著《精讀指導舉隅》、《略讀指導舉隅》、《國文教學》等書。他們兼有中學及大學的教學經驗，根據這些經驗，制定語文教學方案，又依這些方案，寫成指導學生閱讀寫作的書籍。以專家的學養與眼光，配合自身教學經驗，殫其精力來寫這些「通俗」讀物，使每個中學生讀其書，終身受其益。雖然，朱光潛先生也以專家身分，寫了《談美》、《談文學》等書，但它們畢竟只是朱先生「個人學習文藝的甘苦之言，願與愛好文學的讀者印證經驗」（見《談文學・小言》），並非有意有系統去整理寫出來的，雖然也有它的分量，但也只能算是朱先生「左手的繆思」。這也是為什麼我們特別尊敬、懷念朱、夏兩位先生的緣故。

其他指導中學生作文的專著，因風氣之開，也紛紛出籠，舉其犖犖大者如：胡懷琛作

《作文入門》，蔡丐因作《文章病院》，蔣祖怡編《作文自學輔導叢書》六冊，都是對學生有實際裨益的佳構。

近幾年來，有心人士，常感慨中學生國文程度低落，望文興歎，遍尋坊間諸書，固然不乏「作文指引」之類「專書」，但大多不是餖飣成篇，草率了事，便是浮而不切，漫無邊際。幾本可用的，仍然是過去諸先生留下來的書。這證明了一個事實：最近三十年來，沒有人再像過去諸先生那樣關心且殫其精力，從事這種「基礎教育」工作了，因為要做這種工作，總需要一點「傻子精神」才行。

最近，因教學之便，發現王鼎鈞先生的《講理》一書，頗歎「相見恨晚」。《講理》於民國五十三年十月出版，它是繼夏、朱二先生之後，以專家的研究精神與學養，及親身教學經驗所得，整理出來的「作文指導」。不但是中學教師的最佳參考書，也極便於中學生閱讀，其中有幾點堪足稱道的：

㈠**編寫態度，發自愛心**　作者在〈作者的話〉中說：「實不相瞞，作者在這本書裡，不但付出了作文的心得，也付出了對少年人的愛。」這話，從全書中可以得到充分的印證。作者雖然寫的是論說文的作法，原是很枯燥的論題，卻能用流利的筆觸，帶感情的語調，娓娓道出，使讀者讀來，如飲醇酒，讓人覺得書中的「楊老師」就是作者自己：和藹、親切、博學、廣文，又能循循善誘。

作者自己也知道：「這樣一本書到了市場上，並不像理化補充教材或國文試題解答那樣容易打動教師和家長的心。而一本為中學生寫的讀物，若不能引起教師和家長的注意，比較難以到達學生手中。」但是，作者曾經「發願替中學生做點事情」，發自真誠，可謂「知其不可而為之」，我們說過，做這種事，總需要一點「傻子」不計成敗的犧牲精神。

㈡深入淺出，體用兼賅　市面上一般的「作文指引」所以收效不大，除了它本身理論的充實與否值得商榷外，「體」、「用」不能配合也是一大缺陷。「作文法則」本身往往成了一門學問，學生只知道規則而不知如何運用這些規則。本書作者在他另外一本著作《文路》的〈寫在前面〉中說：

> 文章由生活中來。要使學生對作文有興趣，能進步，最好鼓勵他們練習使用觀察、想像、體驗、選擇及組合等方法，表現自己的生活。

作者就是為了配合這種練習，才編寫這些教材。一般學生有個錯誤觀念，以為抒情文是專寫心中意，而記敘文是寫外在事，這些由自己生活中找已足夠，至於論說文，那就要說別人的話。見到論說文題，往往先挖空心思回憶別人怎麼說，國文課本、教科書中怎麼說，忘了「文章由生活中來」，要反求諸己。論說文也同樣可以在自己生活中體驗出來，找出資料。在這一點上，《講理》最令人滿意了，它雖然是在討論論說文的寫法，但處處從學生平常生活中著眼，提醒學生注意身邊瑣事，反觀自省，原來萬事萬物皆有理在；天陰有雨、瓜熟蒂落、水流濕、火就燥，都是理，寫論說文，只不過在「講理」。一向被學生認為是莫大難事的論說文，經此一點，教他們恍然大悟。《講理》便是處處在做著這種工作，它的理論本身能中肯綮，是深入的，而發之為文，卻都是學生的眼中事，身傍理。

全書討論論說文的幾個大原則，例如：論說文的本質——講理、寫論說文的態度、論說文的廣度以及使論說文有力的方法如引證據、引權威、說故事等等，理論都把握得很好，卻用說故事的方式，淺近流利，甚至幽默風趣的筆調出之，使得這本「論文」充滿生趣，像加了糖的藥水，食之如飴。

㈢蒐集材料，旁徵博引 作文或教書，不怕找不到材料，但要旁徵博引得恰到好處，卻非易事。本書中作者舉例說明，都能翔實中肯，如談到「人皆對現實不滿時」，以法朗士的小說為例（見四四頁），且逸趣橫生。又如談到弄清事實真象，作者舉出莫拉維亞的小說（見一六二頁）來作證。舉例不但能近取譬，從學生生活或社會新聞中找資料，例如：在討論男女戀愛時拈出的一則社會小新聞（四一頁），還能旁徵博引，從古今中外書籍中找資料，作者可以從《戰國策》（三九頁）找到俞樾的《孔門四科說》（一〇六頁），從《西潮》（一一三頁）找到《紅樓夢》（一七二頁）。而這些例子，不但出現得正是時候，且都帶著十分趣味，很能引人入勝。使人想見作者寫作此書時，必然佳例源源而來，所以能水到渠成。引例說證，絲毫不覺牽強附會，反而一見便豁然開悟。讀者如能細心品味，得到箇中三昧的話，那麼不論寫作或教書時，舉例說證，也必定能收到左右逢源之樂。

㈣指示方法，教導訓練　本書不但注重原則上的問題，還處處兼顧實行上的訓練，不但指導學生學習的方法，還教導他們訓練自己的步驟，例如在討論論說文的筆調、口吻是否合乎「是非法」的句型時，作者便搜集了許多合乎是非法與不發生是非法的句子互相對照，例如一三頁：

1. 合乎「是非法」的句子：

中國是一個古老的國家。

人是萬物之靈。

羅馬不是一天造成的。

2. 不發生「是非法」的句子：

教我如何不想他。

鳥兒希望它是一朵雲，雲兒希望它是一隻鳥。

天啊！

列出練習題，不但使前邊說明文字一目了然，且能訓練學生的辨別能力及寫作能力，真正實惠。

㈤選取範文，教學觀摩　基於說明的必要，書中選用一些論說「範文」，這些範文，不一定是模範文選，但都十分貼切，有些是用來做批評的材料，例如九四頁，討論「賈人渡河」而作的三篇作文，便是用來一一批評的對象，使學生有實際觀摩的機會。另外，也有完整的模範文選，例如講到喝倒采，作者談到有關公共汽車的改良問題時，便舉出一篇很精彩的全面喝倒采的文章來，今略舉數行，以見一斑（一七三頁）：

公共汽車班次太少，乘客太擠，車掌和司機的態度太壞，輿論一再要求改進，可是公共汽車依然故我，這是有道理的。

在我看來，搭乘公共汽車，是非常有益的健身運動。上車之前，人人爭先恐後，奔向車門，完全像是打橄欖球。等到擠上了車，你就是砌進人牆裡的一塊磚……車子在行進的時候是顛簸擺動的，而且是忽然急轉彎的，你不能不時時調整重心，重新部署防禦力量，這樣，身體的各部分肌肉，都有了鍛鍊的機會……。

這是一篇非常精悍的短文，諸如此類，不勝枚舉。

《講理》一書，也有它小小的缺憾。

書名，不夠「警切顯豁」，雖然「講理」二字能牢籠整個論說文的內涵，但它不能在一眼之下，便吸引住讀者，雖然，它的內容遠比它的題目更吸引人。作者自己也說：「書名叫做『講理』，不免使人猜測它的內容。我立刻報告，這本書討論怎樣寫論說文。」（〈作者的話〉）

事實上，一本受中學生歡迎的書，往往不是言情小說，就是參考書，如果一本討論作文的書，不能在題目上先直接進入學生眼簾，這已遲了一步；如果學生因好奇，而打開《講理》，順手翻翻，據筆者個人了解，中學生第一眼看的是目錄，而不是〈前言〉，或〈作者的話〉或〈編後〉。

《講理》一書的所有子題，也就是目錄上所排列在讀者眼前的，似乎也很難告訴讀者：「這是一本討論如何寫論說文的書」，雖然那些子題在它們本身命名得並不失敗。

《講理》的體例大體上是模倣夏丏尊先生的《文心》，都是用故事的體裁來寫關於作文的知識、法則，每種知識自成一個單元，占一個題目，每個題目都找出一個最便於襯托的場面來。這兩本書，都同樣地，每個單元與單元間又互相連接起來。

作者是苦心孤詣地收集、整理，然後又用很平易的文字寫出來。但是，個人以為，用故事體來「說理」，看來固然很親切，讀來也頗像一篇「長篇小說」，但對讀者、作者而言，是否得不償失？

本來，用「故事」是要增加「說理」的趣味，但這個「故事」為了要遷就「說理」，常常變得相當生硬，既然它不能增加趣味，且各人生活體驗不同，讀者如果是教師，取之為教材，教學環境與學生素質也大不相同，那麼「故事」存在的價值就微乎其微了。

從另一個角度來看，以《文心》而言，它的「故事」敘述所占的篇幅實在太多，這是為了要配合前後情節的連貫，不得不多花些筆墨。然而，這樣對讀者、作者，是否太浪費了呢？何以不能以論理為主，開門見山、水清見底的談呢？

以《講理》而言，它如果不是用「故事」體寫成的，就可以在目錄上作相當調整，它可以從「論說文與記敘、抒情文的不同」談起，那麼「是非法」節中第十九頁就要挪到最前邊先講，然後談「寫論說文的態度」，則「收音機」一節就要挪前。同時，在不受故事的牽制下，子題可以重新命名。諸如此類，顯示出「循序漸進」的優點，也許會成為一本更成功的小書。

（六十三年一月《書評書目》）

後　記

前年二月，正是我身心俱為空檔時，忽接文壇社穆中南先生之邀，要我在《文壇》闢一散文批評的專欄。為了鞭策自己，便把握住這個機會。穆先生原希望以系統的理論為主，而輔以現代散文作品。但我認為現代散文的理論向少人關懷，更遑論系統的解說。要建設完整的理論，絕非短期內一蹴可幾。我希望自己先沉潛於各家作品，深思熟慮，慢慢分析歸納出條理系統。所以每期出現的形式，仍以作品為主，試圖以評介帶出理論。在取材時，僅就身邊所及，俯拾而得，信手拈來，並未顧及作家的知名度或作品的多寡。在評論時，只求據理直抒。也因此，在指陳缺失時，恐亦不免得罪方家，這確是個人寫作時最大的遺憾。

我相信散文創作的領域可以無限擴大，這還有待創作者去開拓；散文鑑賞的角度也有無數法門，仍等著欣賞者去挖掘。這本小書只是個人摸索兩年的試驗成品（其中評《舟人旅歌》及《講理》除外，皆成於六十三年），也許還太蹇澀。但我個人對散文已培養出濃厚的興趣。期望自己在停筆一段時間以後，能有更進一步的醒悟或躍進。

無論如何，我仍深信兩年的耕耘正敦促著我進步；有進步便覺人生興味盎然。為此，要先感謝穆社長給我這次砥礪自己的機會，尤其對我連載八篇後，又中途撤兵的寬容，致更深的謝意。

（民國六十七年四月於兩鬢樓）

◎現代散文　鄭明娳 著

本書為作者長期研究現代散文之系列著作之一，然與作者前此各種理論著作不同，避免談論玄奧之文學理論，特從各種不同角度切入現代散文核心、以散文實例分析文章之優劣，讀者可以全面認知現代散文諸種風貌，亦可單篇鑑賞散文特色。文字深入淺出，足以引導初學者進入現代散文堂奧，亦可為研究者參考運用，書中實例與分析並列，尤適合教學講授之用。

◎現代散文新風貌　楊昌年 著

我們賞析、創作現代散文，如果從題材著手，很可能因分類繁多而難以認知收效；但如果從風貌入手，那一定是一條便捷之途。筆者在師大開授的散文課程中，將現代散文歸納成詩化、意識流、寓言體……共十一種現代散文新風貌。並剖析其特色和表現重點，例舉作家作品分析介紹，提供參考書篇。相信這樣全新的切入觀點，對廣大的讀者們暨有志散文創作者，必能有所助益。

◎台灣現代文選散文卷　蕭蕭 著

本書選錄的作家世代涵蓋琦君、阿盛、鍾怡雯等老中青三代，共三十二家；所書寫的主題，或記錄個人與家國歷史，或陳述人生哲理，或抒發個人情感，呈現出散文的多樣面貌。編者蕭蕭期望本書成為「生活現實的寫真到生命境界的提昇」的見證。因此，這不僅僅是一本現代文學的教材，更是一本引領一般讀者欣賞現代散文的最佳讀物。

◎你道別了嗎？　林黛嫚 著

你知道每一次道別都很珍貴，你無法向那些不告而別的人索一句再見，但是，你可以常常問問自己，你道別了嗎？作者在這本散文集中，除了以文字見證生活經驗之外，更企圖透過人稱轉換造成距離感，以及小說化的敘事筆調呈現散文的瀟灑文氣。

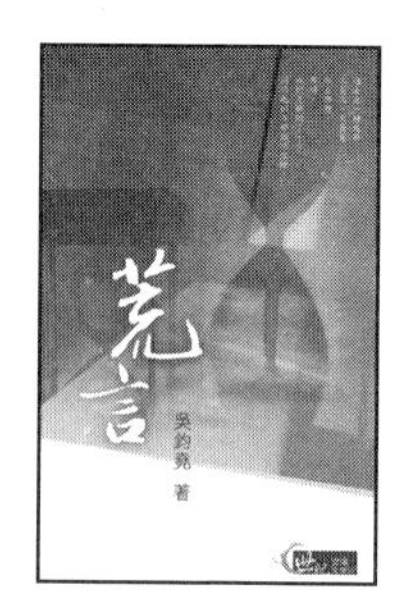

◎荒 言　吳鈞堯 著

當時間緩慢而堅決地自生命的罅隙滲漏流逝，記憶如沙堆疊、崩落、四散。作者將凝放在時空裡的過去，收拾成一篇篇記錄自我生命軌跡的「隻字荒言」，面對著一切的終將消逝，「我們何其淺薄，又何其多情」。唯有在對逝去歲月的眷戀凝視中，才能把告別的哀傷，化為一股持續奮起的力量。

◎泰山唱月　古華 著

以《芙蓉鎮》揚名於文壇的古華，不僅寫出讓沈從文稱讚的小說；他的散文，更是其真情至性的流露。全書以懷人憶舊為其主軸，敘述的時間則涵蓋了災難伊始的童年、屢遭生死磨難的青春歲月，到步入充實而憂患的中年，最後飄落異鄉，靜心寫作。在這漫長的歲月中，看到命運給他的雖多是磨難和考驗，但文學卻讓他立命安身，未曾改變過。古華的散文，抒情敘事並重，情感醇厚，在趨向輕薄之風的現今讀之，愈顯其耐人尋味和珍貴之處。

◎紅紗燈　琦君 著

記憶中一盞古樸的紅紗燈，那是外祖父親手為她糊的。無論哀傷或歡樂，數十年的生活經歷，似乎被凝縮在溫馨的燈暈裡，更化作力量，給予她信心與毅力。這盞紅紗燈就是紮紮實實的希望，引領著她邁步向前。你是否也同樣無法忘情故人舊事？且讓我們在煦暖的燈下，與琦君來一場心靈的對晤。（本書收錄〈下雨天，真好！〉、〈髻〉等多篇知名作品。）

◎文字結巢　陳義芝 著

很少有人同時是作家、大報副刊主編、又是大學教授，具備最開闊的文學視野。很少有人能將文學源流、創作方法，娓娓清晰地表達，展露一個老文學青年最深情的眼光。很少有人願意用淺顯的文字、自己親歷的指標性情境，指引年輕一代如何閱讀文學。《文字結巢》是這樣一本具有視野與深情的書！